MES HOMMES

DU MÊME AUTEUR

LES HOMMES QUI MARCHENT, Ramsay, 1990 ; Grasset, 1997 ; Livre de Poche, 1999.
LE SIÈCLE DES SAUTERELLES, Ramsay, 1992 ; Livre de Poche, 1996.
L'INTERDITE, Grasset, 1993 (Prix Méditerranée des jeunes. Mention spéciale Jury Femina) ; Livre de Poche, 1995.
DES RÊVES ET DES ASSASSINS, Grasset, 1995 ; Livre de Poche, 1997.
LA NUIT DE LA LÉZARDE, Grasset, 1998 ; Livre de Poche, 1999.
N'ZID, Seuil, 2001.
LA TRANSE DES INSOUMIS, Grasset, 2003; Livre de Poche, 2005.

MALIKA MOKEDDEM

MES HOMMES

BERNARD GRASSET
PARIS

Tous droits de traduction, de reproduction et d'adaptation
réservés pour tous pays.

© *Éditions Grasset & Fasquelle*, 2005.

*A la mémoire de Cédric Laffon.
Pour Érica, Gilles et Ariane Laffon.*

« Je suis sans besoin
de te voir apparaître ;
il m'a suffi de naître
pour te perdre un peu moins. »

« Portrait intérieur », Vergers.
Rainer Maria Rilke.

La première absence

Mon père, mon premier homme, c'est par toi que j'ai appris à mesurer l'amour à l'aune des blessures et des manques. A partir de quel âge le ravage des mots ? Je traque les images de la prime enfance. Des paroles ressurgissent, dessinent un passé noir et blanc. C'est très tôt. Trop tôt. Dès la sensation confuse d'avant la réflexion. Avant même que je sache m'exprimer. Quand le langage entreprend de saigner l'innocence. Du tranchant des mots, il incruste à jamais ses élancements. Après, dans la vie, on fait avec ou contre.

T'adressant à ma mère, tu disais « Mes fils » quand tu parlais de mes frères. « Tes filles » lorsque la conversation nous concernait mes sœurs et moi. Tu prononçais toujours « Mes fils » avec orgueil. Tu avais une pointe d'impatience, d'ironie, de ressentiment, de colère parfois en formulant « Tes filles ». La colère c'était quand je désobéissais. C'est-à-dire souvent. Par rébellion et parce que c'était ma seule façon de t'atteindre.

J'essayais de te trouver des excuses. Les propos mortels des femmes m'en fournissaient tant. Quand l'une d'elles posait à une autre cette question obsédante : « Combien d'enfants as-tu ? » J'ai souvent entendu cette réponse par exemple : « Trois ! » Et l'interpellée de préciser après un temps d'arrêt, d'hésitation : « Trois enfants seulement et six filles. Qu'Allah éloigne le malheur de toi ! » A quatre, cinq ans, je me sentais déjà agressée par les propos de mon entourage. J'interprétais déjà que les filles n'étaient jamais des enfants. Vouées au rebut dès la naissance, elles incarnaient une infirmité collective dont elles ne s'affranchissaient qu'en engendrant des fils. Je regardais les mères perpétrer cette ségrégation. A force d'observer leur monstruosité, leur perversion, d'essayer de comprendre leurs motivations, je m'étais forgé une conviction : ce sont les perfidies

La première absence

des mères, leur misogynie, leur masochisme qui forment les hommes à ce rôle de fils cruels. Quand les filles n'ont pas de père c'est que les mères n'ont que des fils. C'est qu'elles-mêmes n'ont jamais été enfants. Qu'ont-elles fait de la rébellion ?

Les hommes font des guerres. C'est contre elles-mêmes que les femmes tournent leurs armes. Comme si elles ne s'étaient jamais remises du pouvoir d'enfanter. Elles m'ont enlevé à jamais le désir d'être mère. J'ai mis du temps à le comprendre.

Petite, avant de pouvoir m'aventurer vers le sommet de la dune voisine, j'allais me cacher dans les roseaux qui bordaient ce chemin conduisant à un atelier proche de notre maison. J'y avais déniché une trouée dans leur touffe. Les rigoles qui les arrosaient déposaient là un limon toujours frais. C'était un poste d'observation idéal. Un refuge pour les rêveries.

Planquée là, j'aimais te regarder passer à bicyclette, mon père. Pour rien au monde je n'aurais manqué les rendez-vous de tes allées et venues. Je te guettais, t'apercevais au loin.

Je m'inventais que tu venais pour moi. Tu venais à moi dans toute ta superbe. Les grands rebords de son chapeau rifain, doublés de tissus aux couleurs de l'arc-en-ciel, auréolaient ton visage. La souplesse de ton saroual, tenu haut sur les mollets, rehaussait la force de tes jambes. Ta chemisette ou ta veste prenaient des bouffées d'air. Des rondeurs de caresses autour de ton torse. Je me retenais de courir vers toi, mon père.

C'est dans cette cachette qu'un jour j'ai eu envie de mourir. J'avais contemplé ta tristesse à la mort d'un petit frère. Je m'étais demandé ce que tu ressentirais si je venais, moi, à disparaître. Une moindre peine, j'en étais convaincue. Peut-être même aucune. Juste le sentiment d'un peu plus de fatalité. Pendant quelques secondes, j'avais vraiment eu envie de mourir. Quelques secondes seulement. Car qu'aurais-je pu voir sous terre ? Comment évaluer le degré de ton chagrin dans une tombe ? Ça ne valait pas la peine de mourir. Les promesses de l'au-delà, le paradis... On doute de tout quand, enfant, on ne croit plus en ses parents. C'est d'abord en toi que j'avais besoin d'avoir foi, mon père.

La première absence

J'étais condamnée à vivre et à consigner, avec une rigueur de comptable, toutes les soustractions de l'amour, mon père.

Plus tard, à six ou sept ans, je t'implorais de m'acheter une bicyclette. Notre maison était hors du village, si loin de mon école. Par grande canicule – neuf mois par an dans la fournaise du désert – je me liquéfiais durant les trajets. Mes copines pieds-noires en avaient toutes, elles, qui habitaient à deux pas de l'établissement. Tu me répondais que tu n'avais pas d'argent. Argument irréfutable, mon père.

Mais un jour, revenant de mes cours au bord de l'inanition, je t'ai trouvé poussant un vélo flambant neuf sur lequel trônait le premier de tes fils. Vous riiez aux éclats. Je suis l'aînée. Ton fils n'avait que quatre ans. Il ne quittait pas la maison. J'en suis restée sans voix. Cette fois-là, c'est ta mort que j'ai désirée, mon père. De toutes mes colères et mes peines. J'aurais voulu que tu meures sur l'instant tant m'était intolérable ce sentiment que j'étais déjà orpheline de toi.

Le deuxième de tes fils, maladif, exigeait beaucoup de soins, d'attentions. Devant mon refus de seconder ma mère, un jour, tu avais tenté d'user de séduction, mon père. Je n'en démordais pas : « Je ne suis pas, je ne serai jamais l'esclave de tes fils ! » Tu avais réussi à contenir ton indignation : « Occupe-toi de lui s'il te plaît. Seulement de lui. Ce ne sera pas de l'esclavage comme tu dis. Chaque semaine je te donnerai quelques pièces pour ça. Ce sera un travail rétribué. » J'ai accepté pour pouvoir m'offrir moi-même la bicyclette tant convoitée. Marché conclu, nous avons topé en nous regardant droit dans les yeux.

Combien de mois plus tard as-tu cassé ma tirelire en mon absence pour t'accaparer mes petites économies ? Ce jour-là, je t'ai haï mon père. Et pour longtemps. Tu m'avais volée. Tu avais trahi la parole donnée. C'était tout ce que je pouvais attendre de toi, moi, la fille.

C'est ce jour-là que j'ai commencé à partir, mon père.

Bien sûr, je ne me faisais pas ces réflexions en ces termes. Enfant, lorsque je mettais des mots encore maladroits sur ces injustices, vous me rétorquiez, ma mère et toi, que j'étais diabolique. Je devais l'être et pas qu'un

La première absence

peu. C'est diabolique la discrimination des parents. En prendre conscience est la première confrontation avec la cruauté.

Moi, je voulais de l'amour, de la joie. A essayer de les conquérir, c'est la liberté que j'ai gagnée.

Ces premières rébellions m'ont aguerrie, préparée aux bagarres, aux violences des rues. Les inepties et les brutalités sociales se chargeront d'élargir le champ des batailles. De maintenir la combativité toujours en alerte. Les livres s'emploieront à la nourrir, à la structurer. J'interceptais souvent le regard circonspect que tu jetais sur moi, retranchée derrière un livre. Cet espace-là, ce hors-champ inaliénable, n'était qu'à moi. Mes livres t'impressionnaient, toi, l'analphabète. Les livres me délivraient de toi, de la misère, des interdits, de tout. Comme l'écriture me sauve aujourd'hui de l'errance de l'extrême liberté. Elle puise sa tension dans ce vertige et le contient. L'écriture et la médecine évidemment.

J'étais seule à te tenir tête. Peu à peu tu n'as plus dit : « Tes filles » mais « Ta fille ! ». Je sortais d'un féminin informe. J'accédais enfin au singulier.

Je ne supportais plus de t'entendre hurler aux oreilles de ma mère à cause de mes « inconduites ». Son bafouillage, sa contrition, me survoltaient. Je bondissais. Je me dressais devant toi : « C'est de moi qu'il s'agit ? Qu'ai-je encore fait ? » Tu prenais de ces fureurs ! Que j'ose t'affronter, moi la fille, était une telle lèse-majesté. Tu en tremblais de rage. Je criais aussi fort que toi. Plus fort. J'argumentais. Ça te laissait foudroyé. Dans ton regard je lisais que j'étais une extra-terrestre. Par instants j'y décelais des lueurs meurtrières. Mais tu n'as jamais levé la main sur moi, mon père, malgré la violence et la fréquence de nos altercations. Parfois tu ne m'adressais plus la parole. Longtemps. Je tenais bon. Pas question d'abdiquer. Tu finissais par craquer. Tu me regardais en retenant le rire qui te sortait par les yeux. C'était gagné jusqu'à la prochaine fois. Nous étions devenus copains de discordes, de disputes. Dans la douceur furtive de tes yeux à ce moment-là, je décelais ton regret que je ne sois pas un garçon.

Ce jour où, dans un murmure d'exaspération, d'étonnement et de tendresse mêlés tu as

La première absence

soufflé : « Ma fille ! » j'ai bu le ciel, mon père. C'était la guerre et je découvrais, émerveillée, les chants de résistance des femmes. Soudain, leurs voix, leurs corps se métamorphosaient. Mes yeux ne les voyaient plus rondes, grosses d'enfants à venir et de venin contre elles-mêmes. Elles étaient toutes tendues à rompre par ce désir violent de liberté. Si les femmes s'y mettaient vraiment, tous les espoirs m'étaient permis. Mais la première victoire sur mes guerres à moi passait par ta voix, mon père : « Ma fille ! »

Tu n'étais plus seulement le fils de grand-mère.

Quelques mois plus tard – deux ou trois ans après celui acheté à mon petit frère –, tu m'avais offert un beau vélo vert. Je sais ce qu'il t'en coûtait. Une torture de ta conscience face à mon regard de teigneuse ? Un cessez-le-feu, un repli stratégique ? En tout cas pas la fin des hostilités, hélas. Tu me réservais encore quelques attaques majeures. Tu essaieras de m'arracher aux études à onze ans – ce front qu'il m'a fallu constituer pour t'arracher le droit d'aller au collège, dans la ville voisine, Béchar ! Malgré ça, l'aurais-je obtenu sans la survenue de l'indépendance de l'Algérie ? Sans cet extraordinaire chamboulement général ? – Trois ans plus tard, ultime échauffourée, tu tenteras de me marier...

A partir de quinze ans, je te ferai passer ces démangeaisons avec mes salaires de pionne. Tu m'as fait acheter ma liberté comme les esclaves d'antan, mon père.

J'en ai tiré des conclusions salutaires.

Un jour que je venais te remettre mon salaire, tu m'as flatté le dos en affirmant : « Ma fille, maintenant tu es un homme ! » J'avais réprimé mon rire devant l'incongruité de cette promotion. Nos disputes ont cessé. Nos échanges aussi. Tu n'étais plus un danger pour moi. Mes combats se livraient ailleurs. Hors de la maison et de la famille. Un fossé s'est creusé, de plus en plus, entre nous. Et de loin en loin, je constatais la mutation de ta peur de moi en peur pour moi. Mais rien n'était jamais dit, mon père.

Le silence entre nous remonte à dix ans avant mon départ de l'Algérie. A mes quinze ans fracassés. J'écris tout contre ce silence, mon père. J'écris pour mettre des mots dans ce gouffre entre nous. Lancer des lettres comme des étoiles filantes dans cette insondable opacité.

Je n'ai que cette vie-là, mon père. Moi, je ne crois pas en l'éternité pour laquelle tu pries.

Je t'ai quitté pour apprendre la liberté. La liberté jusque dans l'amour des hommes. Et je te dois d'avoir toujours su me séparer d'eux aussi. Même quand je les avais dans la peau. Lorsque l'amour s'emmure en prison, vire en amertume, en jalousie, je déguerpis. Je ne veux pas renoncer à en attendre le meilleur.

Le projet d'aller te revoir après vingt-quatre années d'absence m'a longtemps monopolisé la tête et le cœur. Avant pour que je parvienne enfin à m'y résoudre. Après pour m'en remettre. Mais comment guérir de l'infranchissable ? C'est là que j'ai pris toute la mesure de l'irréversible silence sur mon existence de femme. Cette duperie des retrouvailles m'a rendue à l'intolérable : jamais rien n'est, ne sera abordé. Tu n'as jamais vu aucun des hommes que j'ai aimés. Car cette liberté-là relève pour toi de la honte, du péché, de la luxure, mon père. Cette vie qui te reste taboue, je veux l'écrire jusqu'au bout.

Je revendique mes amours successives dont certaines « mécréantes ». Elles illustrent ma liberté d'être au monde. Mes ruptures ont été la continuité d'un même désir. Quitter, rompre, pour moi, c'est reprendre un rêve d'amour ignoré, bafoué ou altéré et aller le faire chanter, danser ailleurs. C'est le refus de l'oppression, de la médiocrité et de la résignation. C'est peut-être parce que j'ai trop longtemps rêvé de l'amour avant de pouvoir le vivre que je n'ai jamais pu me mentir, travestir mes sentiments. Ni me berner sur ceux des autres à mon égard. Ça aussi je te le dois, mon père.

Je ne t'ai pas cherché en d'autres hommes. Je les ai aimés différents pour te garder absent. Je suis née à l'amour avec ces hommes-là, mon père. Mais toi, tu ignores jusqu'à leur prénom. C'est pourquoi je veux te coucher parmi eux dans un livre.

Tu n'en sauras rien puisque tu ne sais pas lire.

Qu'importe. Je tiens à le faire. Les forces obscurantistes m'ont rejointe ici, en France. Et dans tout l'Occident elles viennent dénier aux femmes la dignité d'une existence affran-

La première absence

chie. L'un de leurs prétendus grands penseurs – un barbu aux crocs aussi longs que la sanglante nuit algérienne – tergiverse à propos de la lapidation des femmes adultères sur les écrans des télévisions. Et leurs brigades ont réussi à bâter des jeunes filles de l'immigration, à leur mettre des œillères. Il ne sera pas dit qu'ils auront le dernier mot, mon père. Nous sommes si nombreuses à avoir fait du droit à l'égalité, à la liberté, à l'amour, au choix de notre sexualité, notre seule religion.

Quelle meilleure façon de continuer à les narguer que d'écrire sur des hommes aimés librement envers et contre tout ?

Ma vie est ma première œuvre. Et l'écriture, son souffle sans cesse délivré.

Non-demande en mariage

Les garçons, je ne les lâche pas des yeux depuis toute petite. Depuis la naissance de mon premier frère : « Un fils. Enfin un fils ! » Cette joie dans la maison. Comme si soudain nous étions sauvés de la misère : « Un fils est venu. Le fils. » On redresse les oreillers de ma mère. Maintenant elle a droit à quelques égards. Maintenant seulement.

Je n'ai pas plus de trois ans et demi et je regarde avec stupéfaction cet avorton qu'on se dispute. D'où lui vient tant de pouvoir ? L'amour des parents est né avec lui. Pour lui. Je ne suis pas jalouse, non. Je découvre le manque, l'exclusion. Cet événement consacre ma prise de conscience des ségrégations. Le début du sentiment de vivre aux confins.

C'est une impression qui ne me quittera plus jamais.

Je sais où réside la seule différence entre ce frère et moi. J'ai vu les femmes en pâmoison devant le bout de chair fripée qui lui pend au bas du ventre. Comme une datte déjà vieille. Quand les attentions se détournent enfin de lui, je vais fourrager dans ses couches : « Ce n'est que ça ? Pourquoi c'est mieux que moi ? Pourquoi c'est plus important ? » Je ne bénéficie pas de ce loisir longtemps. Je me fais rabrouer : « Quelle vipère, celle-là ! » Qu'à cela ne tienne, je vais fouiner dans l'entrejambe des cousins dehors. Je peux en détailler toute une panoplie au hammam. Et ma mère accouchera de cinq autres frères, en rafale.

De sorte qu'à dix, onze ans, il n'y a rien que je ne sache des états et des tailles des sexes des garçons. J'en ai souvent vu en érection en me rendant à l'école primaire. Des adolescents se déboutonnent sur mon passage, exhibant leur organe. Avec le geste idoine. Je ne baisse pas les yeux. Je les fixe. Je n'en rate rien. Désarçonnés, ils rabattent leur pantalon, poings serrés sur leur sexe. Il en va de même lorsqu'ils me jettent des pierres dans les jambes parce que j'ose fouler leur territoire. Ou qu'ils me draguent à coup d'insultes et d'obscénités. Un avant-goût de ce que sera la vie après. Il suffit de faire face. Ils en sont effarés. Ils battent en retraite. Ils ont honte de leur reculade. Et ils me font grief de cette cascade de sentiments peu glorieux.

Ça, je l'ai appris toute seule.

J'ai même surpris mon père ahanant sur ma mère, la nuit, lors de mes insomnies. La première fois, j'ai crié : « Pourquoi tu la frappes ?! » Après, j'ai su. Trop de sornettes, de mensonges, tue la crédulité. Plus tard, dans mes fictions d'amour j'adopterai toutes les positions imaginables plutôt que celle de l'allongée, « frappée ».

Je n'ai cessé d'étudier le comportement des garçons au sein des familles. La façon exclusive avec laquelle ils occupent la rue, abordent l'existence. Leur morgue, je l'attribue à leur capital d'amour et de légitimation. Leurs caprices aussi. J'ai constaté à quel point l'idolâtrie leur pourrit le caractère. Moi, je traque leur vulnérabilité. C'est quand ils craquent qu'ils m'émeuvent. Que je les trouve beaux. Je ne sais pas encore que le spectacle de leur chagrin me soulage de celui que je dissimule. Que soudain cette fragilité révélée est l'exacte pendant de mon inflexible refus des inégalités. Je crois seulement qu'ils me deviennent intéressants par l'expression de la révolte. Car pour flatteurs et roboratifs qu'ils soient, l'amour, la considération ne les préservent pas complètement de l'autre versant de la violence : la brutalité avec laquelle on les encastre dans un rôle qu'on voudrait toujours triomphant. Une carapace prescrite sans faille. Si moi j'endure des « A quoi bon ? Tu n'es qu'une fille ! » en montrant à mon père les notes scolaires dont je suis si fière, le premier de mes frères, devenu un peu plus grand, sera battu à coups de ceinture, à en avoir le torse zébré à cause de ses mauvais résultats à l'école. Mon père hurle en le cravachant : « Tu veux rester aussi ignare que moi ? Tu vas accepter qu'une fille te dépasse ? »

Ma mère vient s'interposer entre eux. Elle prend son fils dans ses bras, le console, le cajole. Il cesse de pleurer. Je me dis : Si mon père me bat, s'il essaie de me marier, je partirai dans la nuit, pendant le sommeil des autres. Je marcherai droit dans le désert. Je crèverai de soif. Les chacals boufferont mon corps. Plutôt ça que me laisser faire. Cette sentence hante mes pensées. Les tourmente. Les attise. Elle fait que jamais je ne flanche. Elle me forge une volonté à l'épreuve du poids mortifère de la vie.

A la maison comme au-dehors, leurs plongées à corps perdu dans les bagarres me détournent des garçons. Je repars dans mes rêveries. Mes rêveries sont de vrais départs. Les yeux au loin, j'efface les difficultés, les discriminations. Sinon, je scrute. Je dévisage. J'explore. Je foudroie du regard. C'est éreintant la vigilance. Le songe est son repos. Sa respiration.

Les mères ressassent à leurs filles, dès le plus jeune âge : « Il faut que tu aies honte. Tu dois avoir honte. Ne lève pas tes yeux sur les garçons. Sur les hommes. Baisse la tête. Dans la rue surtout. Ne te détourne pas. Si je te parle de honte, c'est que tu manques de pudeur... » A cette époque dans le désert, les filles s'inclinent, se ferment, se recroquevillent. La pudeur ? Qu'est-ce que la pudeur ? L'effacement, l'abdication du corps, de l'être disqualifié ? La honte, moi, je ne peux pas. La soumission des filles m'irrite. Elles n'ont même pas l'air d'en souffrir. Tout ce qu'elles sont, je suis en train de le fuir. Je me demande souvent : Pourquoi suis-je si différente ? J'ignore encore que certains naissent affublés d'une sensibilité hypertrophiée. C'est ce qui me livre aux séismes de la détresse et de la colère. Ces crises, ces désespoirs qui paraissent à mon entourage sinon disproportionnés, du moins malvenus. C'est ce qui me fait vibrer à la plus ténue des sensations.

Mais ça, je ne le sais pas encore.

A mon entrée au collège, au lendemain de l'indépendance de l'Algérie, je me plante comme un chiendent au milieu de centaines de garçons. Avoir brusquement à en affronter autant me plonge dans un état d'alerte angoissant. Les premières notes en classe me posent parmi les meilleurs et le dissipent. Je prends de l'assurance. Les quatre ou cinq garçons avec lesquels je suis entrée en compétition deviennent des copains. Ils le resteront jusqu'au bac. Les autres, je suis un corps étranger dans leur masse. A mes risques et périls.

A deux ou trois reprises, l'un d'entre eux lance dans mon dos : « Ça, c'est l'indépendance ! Vive l'indépendance ! » Je me retourne chaque fois pour tenter de distinguer l'auteur de cette bienveillance puérile m'attendant presque à l'entendre entonner l'hymne national. Le timide préfère garder l'anonymat. Limité à cette exaltation, son élan n'en occulte pas moins l'hostilité du plus grand nombre.

Mon père qui me surveille de près me fera d'effroyables scènes en me surprenant en grande discussion dans la cour du collège ou devant le portail. Chaque fois, il menacera de « m'enfermer à la maison ».

Les trois adolescentes, arrivées en sixième en même temps que moi, se sont rapidement mariées. Mon indifférence envers les filles s'est muée en défiance. Plus que ça. En ressentiment qui ne s'apaisera que beaucoup plus tard à l'université. Encore que ma critique reste féroce à leur égard. Comment peuvent-elles se couler dans le moule de la victime ? Pourquoi reproduisent-elles ce schéma, les traîtresses ?

Sept autres filles entreront au collège un an plus tard. Puis de plus en plus.

A la décrire maintenant, je comprends que cette ségrégation entre les filles et les garçons, avec son cortège d'interdits et d'outrages, est l'une des plus perverses et prématurées formes d'éducation sexuelle. Celle qui diabolise, salit les instincts essentiels.

J'ai douze ans. Jamil doit en avoir quinze ou seize. Il se consume pour moi depuis plus d'un an. Depuis que nous prenons le même car affecté au transport des élèves du secondaire vers la ville voisine, Béchar.
Il a des cheveux charbonneux. Une nuit magnétique dans les yeux. Une silhouette élancée. Un teint d'ambre. Les longues mains du pianiste qu'il ne sera jamais. Des gestes racés. A regarder cet elfe qui brûle de passion pour moi, j'ai l'impression qu'il s'est échappé de mes songes d'enfant. De mes fictions d'amour, antithèses de mes constats. Ou de l'impromptu de mon étonnement.
La ferveur de son regard a un tel empire sur moi. Je ne croyais les garçons capables de

cette vénération qu'envers leur mère. Après la camaraderie, cette adoration est une élection de plus. Un cœur au cœur de l'adversité.

Et puis partir, quitter la maison est un bonheur en soi. Oubliée, la joie récalcitrante de l'insomniaque qui l'été s'entête à vouloir prolonger la nuit quand le tohu-bohu s'empare de la maison aux premiers arômes du café. Le plaisir de rester éveillée pendant que les autres dorment. Puis d'essayer de grappiller deux ou trois bouts de sommeil – mais du meilleur – aux dépens de la vie besogneuse du jour.

Lever à six heures du matin. Départ du car à sept. L'exaltation me fait écarquiller les yeux avant la sonnerie du réveil, m'éjecte illico de la banquette qui me sert de lit. Je bois un café debout. Dans la paix du matin. Je me dépêche. Je tiens à filer avant que la nichée de mioches, la paupière encore lourde, n'entame un concert de pleurs, de cris, de trépidations, de réclamations...

Je marche vers le centre du village, vers le car avec allégresse. J'ai tant de perspectives devant moi. Tant de jours où je serai loin. Toute une année scolaire. Une délivrance. Je ne rentre que le soir. Le temps de terminer mes devoirs, les autres sont déjà couchés. Soudain cette succession de possibilités, d'échappées... J'ai l'impression que le ciel du désert n'est plus un couvercle sur ma tête. Une chape qui me rive dans les exhalaisons de la maison. Je respire mieux. J'ai conscience d'avoir accédé à un champ de libertés qui bouscule tout, s'étend de proche en proche. J'ai gagné vingt-cinq kilomètres sur l'horizon aveugle du désert. Des jours et des jours hors de l'étau familial.

Cette petite route toute droite en dehors du coude de Bidon Deux, je la connais caillou par caillou. Les mamelons et les galbes de la Barga, la dune qui moutonne jusqu'à Béchar aussi. Ce que j'aime, c'est ce va-et-vient, cette mobilité. Une effraction dans la sclérose des habitudes, dans l'univers statique du désert.

Le jeudi lorsque nous regagnons le village à midi, l'éblouissement bascule le désert en trou noir. Je tressaille, me tourne vers l'arrière du véhicule. Jamil me sourit. Il a pris l'habitude de se réfugier sur la dernière banquette face à l'allée pour le loisir de me couver du regard durant le trajet. Le chauffeur m'interpelle, me parle. Je suis assise à côté de lui : resourire. Ces deux paires d'yeux sombres sont mes lumières. L'une à l'avant, l'autre à l'arrière, elles encadrent mes allées et venues. L'inquiétude c'est ce désert que je ne franchis pas.

Mais durant les retours du soir, quand le crépuscule déchire le ciel, c'est un orgasme écrasant. Tellement. Tellement que je me demande si ce n'est pas une hallucination destinée à combler le néant de l'horizon. Une rêverie vengeresse qui y aurait mis le feu. Pour laisser passer l'imaginaire. Pour me permettre de prendre la poudre d'escampette. Je me retourne. Jamil me sourit. Ses yeux de biche étincellent. Son corps semble tendu entre élans et aguets. Les autres garçons sont taciturnes. Quelques-uns se sont endormis la tête appuyée contre une vitre. Tellement, tellement. Je ne sais pas. Est-ce que c'est ça l'amour ? C'est quoi l'amour ? Je savoure cette émotion. Comme la douceur d'une brume dans un ciel impossible.

Une crampe me vrille l'estomac à l'approche du village.

Bachir, notre chauffeur, est un diable inouï. Une chéchia rouge surplombe sa carcasse tannée et lui octroie les trois ou quatre centimètres manquant à ses deux mètres. Il est tout en bras, en jambes et en gesticulations. Les adolescents qui empruntent son car l'appellent *âmi* Bachir, oncle Bachir. Avec la bénédiction des parents, il prend très à cœur son rôle de grand ordonnateur de nos déplacements. Gare aux trublions, au tire-au-flanc! Ils essuieront des colères homériques.

Ami Bachir a l'affection aussi tonitruante que le coup de gueule qu'il dispense en fonction du mérite scolaire. Je suis la favorite. Raison pour laquelle il m'a définitivement élue au siège à sa droite. Qu'aucun ne s'avise par mégarde, par ignorance ou sous quelque autre fallacieux prétexte d'essayer de s'accaparer ce privilège. Il sera vidé comme un malpropre. Après moult tentatives infructueuses, personne n'osera plus s'y risquer. Ma place restera vide les rares fois où je ne suis pas du voyage.

Ami Bachir feint d'ignorer notre idylle, à Jamil et moi. C'est la seule façon admissible de s'en faire complice. De la contrôler sans doute. Son car devient notre lieu de rendez-vous tacite après les cours. Là, j'enfreins la volonté d'*âmi* Bachir et prends place sur l'un des sièges derrière lui jusqu'à l'arrivée des autres élèves, moment de notre retour vers le village. Jamil vient se placer derrière moi. Je me tourne vers lui. Nous ne nous asseyons jamais l'un à côté de l'autre pour ne pas éveiller de soupçons ou nous faire agresser. *Ami* Bachir nous emmène en balade.

Un jour que ses pérégrinations à travers Béchar nous transportent en périphérie du ksar, Jamil et moi gravissons l'immense dune au bord de l'oued. Arrivés haletants au sommet, Jamil me prend les mains, m'attire doucement, m'embrasse. Je vois la dune et le ciel dans l'obscurité de ses yeux. Je sens mon corps fondre à ses lèvres. Soudain suffoqués autant par notre audace que par le bouleversement et l'instinct du danger encouru si quelqu'un nous apercevait, nous dégringolons vers le car. En bas, je me retourne vers le sommet de cette première fois. La dune de Béchar monte renflée et rousse, comme un baiser de la terre au firmament.

Mais il y a une ombre à nos jeux interdits : Jamil n'est pas au collège. Il est au lycée technique. Il n'a d'autres perspectives que le monde du travail à courte échéance. Il sait que moi j'entends continuer mes études, quitter le désert pour la fac, au terme du secondaire. Un jour qu'il m'accompagne jusqu'à la porte du collège, il me confie d'une voix soudain pleine de lézardes : « *Ami* Bachir m'a dit en parlant de toi " Elle ira loin ! " Sous-entendu : tu mérites mieux que moi ! Je n'avais pas besoin de son avertissement. Je sais déjà que tu partiras. Que j'en mourrai. Jamais je ne me marierai ! »

Je tombe des nues. Je ne m'étais pas doutée un instant que derrière l'adoration de son regard se cachait un tel chagrin. Premières palpitations du cœur, premières impasses. Je n'avais jamais envisagé l'amour sous cet aspect : une imploration, un envoûtement qui masque des menaces. Moi, c'est de ne pas poursuivre mes études, de rester ici qui me tuerait. Tellement, tellement. Je ne marcherai pas à ce chantage. Oui, j'ai de l'ambition et sans doute quelques prétentions pour l'avenir. La rage, l'arrogance nécessaires pour les défendre. Je n'ai que ça. Je m'époumone à les maintenir gonflées à bloc. A m'y accrocher pour résister à l'attraction des gouffres.

Ces paroles sonnent de nouveau l'alerte. Je reprends mes distances. Jamil sombre, dépérit. Déjà qu'il n'était pas épais. Je pense à l'expression « dévorer du regard ». Tellement, tellement c'est ça, j'ai peur. C'est comme une spirale aspirante. Peur de son intensité, d'en constater les dégâts. Épouvantée par ce mal inconnu que je lui inflige malgré moi. J'ai beau ne plus me retourner vers lui dans le car, l'expression de possession – ou est-ce de dépossession ? – douloureuse de ses yeux me pèse, m'asphyxie.

Après la compassion teintée de culpabilité, la révolte reflue : « Tu n'as rien fait. Rien promis. Une autre expression éclaire mon tourment. Pour signifier « nous sommes quittes », les femmes disent parfois dans un murmure soudain insolent : « Nous nous sommes embrassés et chacun a gardé ses lèvres ! » Il y a donc quelques échappées hors de la camisole des traditions. Je veux en être !

Pour la première fois que j'ai une petite liberté de mouvement, je ne vais pas me l'empoisonner! Je n'en peux plus de la tenaille de ces yeux. De leur panoplie de masques tragiques : de la supplique à l'agonie en passant par le désespoir résigné. Est-ce ça l'amour? Cette mélasse!

Le regard, la présence de Jamil finissent par m'oppresser autant que les épices de ma mère qui, à longueur de journée, saturent l'atmosphère de la maison.

Un jour où je n'ai pas cours, sa mère à lui se pointe chez moi. L'épouvante me cloue sur place. J'aimerais pouvoir m'enfuir. Mes jambes refusent de me porter. Je me replie sur la défensive. Si jamais elle raconte quoi que ce soit, je suis foutue. C'en serait fini des études, des espérances de liberté...

Les deux familles se connaissent. Sans se fréquenter réellement, elles se croisent au hammam, s'y parlent longuement. De sorte que le fil n'est jamais rompu. Peut-être se sont-elles rendu visite en de rares circonstances. A l'occasion d'un décès par exemple.

Ma mère prépare du thé. La conversation s'installe d'abord anodine. Mais le regard acéré de la femme ne me lâche pas, me terrifie. Après un long préambule de banalités, elle gémit : « Je viens comme un derviche demander conseil. Une fille est en train de tuer mon fils ! Je me sens impuissante. J'ai si peur qu'il fasse une bêtise. » « Si c'est une fille de famille, demande-la en mariage... Ils sont comme ça, maintenant. Il leur faut aimer ! » réplique ma mère. « C'est que j'ai affaire à une *taïga*[1]. Elle lui a dit qu'elle ne veut pas de lui. » « Mais c'est avec ses parents que tu as à traiter. Pas avec elle ! » « Je te dis que celle-là est à part. Je crains que ce soient ses pauvres parents qui n'aient pas leur mot à dire. » Ma mère lève les bras au ciel, secoue une tête qui en dit long : « Les temps changent. Remarque, nous, nous avons été élevées comme des bêtes. Alors... Pourtant il est si beau ton fils ! » La plaignante reprend : « Beau, mais pas assez bien pour elle. Peut-être vise-t-elle un lieutenant ou un commandant ? Tout ce que je demande, c'est qu'elle ne s'intéresse plus du tout à lui. Mon fils va

---

[1]. Frondeuse, dévergondée.

encore morfler. C'est sûr. Ensuite, je pourrai le marier à ma guise. Il guérira. Et toi comment ça va se passer pour Malika ? » « Oh ! Malika, elle est promise à son cousin. C'est une histoire réglée depuis sa naissance. Mais elle, elle veut d'abord étudier. C'est comme ça. »

Je suis sidérée par ce dialogue. Par ses insinuations, ses assignations. Mais aussi soulagée. Je suis sûre que Jamil a dû faire la leçon à sa mère, obtenir d'elle ma sauvegarde. Au prix de quelle tractation ? J'entends l'envie de me scalper, de m'assassiner dans le sifflement de sa respiration. Ses yeux me le signifient. Ses yeux me jettent leur venin dès que ma mère se détourne.

J'éprouve une telle gratitude envers Jamil.

Jamil quitte son lycée, nos allées et venues en car pour ne plus me voir. Il trouve du travail. Je le croise, de loin en loin, le pas et le regard perdus. Nous nous saluons. C'est tout. Mais je lui conserverai toujours cette affection mêlée de nostalgie : s'il avait été un compagnon de luttes et d'études... Qu'auraient été les années noires du lycée avec un grand amour à mes côtés ?

Moi, je mange encore moins qu'avant. Les deux ou trois flirts durant les années du lycée ? Une quête bardée de réticences. Pire encore de répulsions. Oser un premier baiser, c'est m'exposer à être considérée comme la chose ou la putain par celui-là même que j'embrasse. C'est une violence rédhibitoire. Elle tue le désir. Elle cuirasse l'interdit social. Alors l'amour, je le préfère dans les livres. Je le rêve. Cloîtrée à l'internat, j'observe les garçons avec l'envie d'être loin des noirceurs, des perversions du désert. A l'autre bout du monde. Dans un pays de neige. Dans les bras d'un grand blond. Mais le temps ne bouge pas, ne passe pas. Le temps et l'horizon scellés sur mes angoisses.

Ami Bachir, lui, est toujours là dans sa superbe théâtrale. Ses admirations, ses haines fracassantes me divertissent. Il force davantage encore ses emportements, guette mes réactions. Mais dès que la colère retombe, il me jette un œil à la dérobée, repousse sa chéchia, se gratte le crâne et marmonne : « Poutain, ils m'ont poussé jousqu'à l'os. J'ai encore découné ! » Il m'arrive parfois de le gronder. Cela le fait bramer de rire en se frappant le front.

Il prend l'habitude de s'inquiéter de mon emploi du temps : « Si tu peux, tu viens avec moi à Ouakda. Ça te fera proumener. » J'adore me faire promener par lui dans les oasis voisines de Béchar. Au volant de son car flambant neuf, le roi n'est pas son cousin.

A mes quinze ans, le poste de pionne qui m'est attribué me soustrait aux trajets d'*âmi* Bachir sans me séparer de lui. Lorsqu'en stationnement devant le lycée, il aperçoit ma silhouette dans la cour, il me fait un grand signe, déboule du véhicule et vient me raconter ses derniers coups de gueule. En saison, de retour des jardins de l'une des oasis, il m'apporte souvent des grenades : « Pour la prisonnière. Comme ça tu peux exploser les salopards ! »

J'ai planté un grenadier dans mon jardin à Montpellier. Mais ni les fruits de mon arbre ni ceux des ailleurs n'ont cette saveur.

Finalement, l'homme du début de mon adolescence c'est lui, cet escogriffe fulminant, bourré de générosité et d'intelligence. Un père d'adoption qui, lui, m'aimait justement pour mes résultats scolaires. Un père par intermittence mais qui était déjà au parfum de quelques-uns de mes secrets. Comme le sera plus tard, durant le deuxième cycle du secondaire, le photographe Bellal sans que jamais *âmi* Bachir soit oublié.

L'homme de ma vocation

Un autre homme important durant ces années-là, c'est le médecin de mon village, le docteur Shalles. Il m'étonne, me captive, m'enthousiasme. L'admiration n'est-elle pas une forme sublimée de l'amour ?

Shalles est un homme brun, long, sec, moustache et barbe coupées court. Il n'est pas beau. Il a du chien, de l'allure. Son épouse est sage-femme. A eux deux ils abattent un boulot colossal. La salle d'attente de l'hôpital déverse chaque jour son trop-plein de consultants dehors. Ils s'égaillent par grappes à la recherche d'une ombre improbable. Commencée dès la fin de la visite aux patients hospitalisés, la consultation du docteur Shalles ne s'achève jamais avant quatorze heures. Elle se prolonge souvent jusqu'en milieu d'après-midi. En fin de journée, après la contre-visite, Shalles se rend au chevet de malades qui le préoccupent et qu'il n'a pas revus. Ou qui ne peuvent pas se déplacer. Chemin faisant, il pousse les portes de quelques maisons, distribue de-ci de-là quelques coups de stéthoscope, rattrape de graves négligences. Les vaccinations par exemple. La poliomyélite fait encore de gros dégâts ici.

Shalles est une campagne médicale à lui seul.

Ce brasier de l'été au désert! Même les mouches en deviennent dingues. Écrasées par essaims au sol, elles se bousculent, se déboussolent, tentent de s'escalader, donnent l'impression qu'elles feraient n'importe quoi pour se suicider. Leurs saccades affolées ne servent qu'à les épuiser davantage. Les plus kamikazes se ruent sur les personnes avachies par terre. Sur la morve abondante des enfants. Sur toutes traces de mangeaille. D'un revers de main, d'un coup d'éventail, de balai, de torchon, les voilà enfin anéanties. Mais tuez-en quelques-unes et des centaines rappliquent attirées par leurs cadavres. Elles se mettent à grouiller, bourdonner. Sinistre piétaille de la canicule.

Exaspérées, les femmes finissent par lâcher leurs marmots, leurs marmites, leur quincaillerie, s'arment de pompes à fly-tox toujours posées à proximité, ripostent. Gazées, les mouches se recroquevillent sèches comme des grains de thé d'un vert bleuté aux reflets acier. Un moment de répit avant la prochaine invasion.

Le feu de l'été n'est que l'apogée de l'éternelle guérilla entre deux redoutables catégories de vampires : les mères et les mouches.

Par-dessus mon livre, je les regarde mourir. Je respire le fly-tox et me dis que seules la lecture et l'imagination que j'en tire me différencient d'elles. Moi, j'ai beau me rabougrir à force de si peu manger. J'ai beau avoir le souffle pollué par les épices maternelles, le fly-tox, les vapeurs de crésyl, le corps éreinté par toutes sortes d'intox, je n'en crève pas. Il me suffit d'un livre pour que surgissent des mers, des océans, toutes les rumeurs de l'eau. Des règnes de verdure... Lorsque le texte en ma possession est truffé de blasphèmes ou porte sur le sexe, je lorgne la pudibonderie et la bigoterie alentour avec un rire intérieur. Ces petits miracles quotidiens me rafraîchissent les idées.

L'été, il est parfois dix-neuf heures quand le docteur Shalles se pointe chez nous. Il a moins de patients en cette saison. Il faut que le malade soit à l'article de la mort pour que les siens se risquent à lui faire mettre le nez dehors par ces températures. Souvent il est déjà trop tard. Le malheureux s'en retourne les pieds devant. La fournaise de l'été est la plus grande fatalité de la région. Elle calcine tout. Extermine les plus vulnérables. Finit le sale boulot de la misère.

Shalles ausculte tel frère ou sœur, examine grand-mère d'un œil expert : « Il faut boire, il faut boire ! Autant de fois dans la journée que le nombre de perles de ton chapelet. » Mon livre posé sur les genoux, je suis attentivement ses gestes. Sa tâche finie, il se laisse tomber à terre à côté de moi, s'adosse au mur : « Toi, je ne peux rien pour toi. Tu n'es pas malade. Tu as décidé de ne pas manger. C'est autre chose. » Je sursaute. De qui tient-il cette information ? Je devine que je suis l'objet principal de sa visite. Je suis ébranlée par ses paroles. Mon manque d'appétit relèverait de ma décision ? La nausée serait de mon ressort ? J'en doute. Mais qu'il puisse m'attribuer de telles capacités n'est pas pour me déplaire.

Je lui parle du livre que je suis en train de lire. Nous parlons livres. Il déguste son thé et s'en va. Je le regarde partir du haut de mes quatorze ans arrogants.

Les cauchemars de l'enfance m'avaient rendue insomniaque. L'insomnie c'était me désincarcérer du corps familial endormi par terre. D'un seul bloc. Un roc. Fuir cette asphyxie : première des insoumissions et première satisfaction de me sentir à part. Un avant-goût de la solitude. Un délice de frayeur et d'excitation à appréhender la nuit à petits pas. A ausculter l'obscurité, aux aguets.

Dès que mes seins se sont mis à pointer, j'ai eu la sensation que les regards grouillaient sur mon corps comme de la vermine. Partout, partout même en dedans.

Ça me nouait le ventre et la tête.

Chez nous, dormir et manger participent du même ordre. Et l'ordre, c'est tous contre les revendications individuelles. Ensemble sous une même couverture. Ensemble autour du même plat... Passe encore pour le couscous et les autres nourritures de consistance solide. Mais cette cohorte de doigts qui trempent, farfouillent, fourmillent dans le même ragoût. Ces bouches qui engloutissent, rotent à l'unisson...

Le broyeur familial à mille dents me figeait en spectatrice.

Le nez dans un livre, je dégustais des mots en solitaire. Ceux de l'interdit, de la révolte avaient une saveur de farce unique. Dans le silence et l'isolement, ils mordaient la vie pour moi. En recrachaient les tabous, les péchés et autres bondieuseries. Ceux de l'inconnu mettaient leur relief sur les abîmes alentour. J'en salivais, jubilais, en redemandais.

Cette anorexie venue en renfort à l'insomnie, c'était déjà l'absence. C'était frôler le désastre et déserter pour l'ailleurs des livres.

Le manque de nourriture finit par m'installer dans la tête le vertige recherché. Une teigneuse comme moi ne tarde pas à saisir comment dénicher l'aubaine dans les pires situations. Comment dresser la victime en héroïne. Faire la nique au malheur, acrobatie essentielle quand la vie ne tient que par ce défi.

Par-dessus mes livres j'épiais souvent ma mère faisant la cuisine. La préparation des repas accaparait la quasi-totalité de ses journées et une bonne partie de la soirée. Elle portait un soin attentif aux divers plats en train de mijoter venant régulièrement humer, goûter, réassaisonner... Un temps phénoménal, chaque jour recommencé. Il y avait en permanence quelque chose sur le feu. Depuis le café du matin toute une succession de fragrances, horloge infaillible, remontait les heures jusqu'à la nuit avancée. Jusqu'aux effluves de menthe ou d'absinthe de l'ultime théière du soir.

A observer ma mère puis d'autres femmes de condition modeste, j'avais acquis une certitude : plus la pauvreté les restreignait en denrées de luxe – les viandes par exemple – plus elles s'évertuaient à compenser le goût manquant par un surcroît de sophistication. Et une plus grande recherche dans l'assaisonnement n'allait pas sans exiger davantage de temps.

Peu à peu, ces émanations continues d'odeurs d'aromates et d'épices ont commencé à me barbouiller le cœur. A me rendre l'air irrespirable. Ma répulsion est devenue de plus en plus forte. Et les mains de ma mère toujours colonisées, leurs gestes inlassablement affectés à l'arsenal domestique m'effaraient.

Ma mère était occupée dans tous les sens du mot.

Je m'enfuyais. J'allais me percher sur la dune ou m'enfermais dans la pièce réservée aux invités. La plus éloignée de la cuisine. Je me nourrissais de presque rien. Je rongeais des refus. C'est ce qui me donnait un peu de consistance. Une accroche. Sinon, je n'étais qu'un rêve flottant.

A onze ans, il m'arrivait de me bander les seins. Ils gonflaient aussi vite que ma panique. Le tumulte des sens, le sang qui déchirait le bas-ventre, c'était trop tôt. Moi j'étais si préoccupée par la nécessité d'aiguiser un peu mon esprit. Rien ne m'était acquis et voilà que mon propre corps m'infligeait une mise en danger supplémentaire.

Le regard de Jamil avait, un moment, apaisé cette angoisse. Un répit avant les dégâts des brutalités... Avant la plongée dans une plus grande solitude.

A chacune de ses visites, le docteur Shalles me rejoue la même scène. Seule la conclusion change : « Fichu caractère, tu fais démentir les thèses médicales qui prétendent que l'anorexie ne survient que chez les filles de familles aisées. Faut croire que ta richesse à toi est là et elle grandit avec ça. » De l'index, il touche d'abord ma tête puis le livre entre mes mains, et reprend : « Tu as de la chance d'avoir le temps de te poser des problèmes métaphysiques. A t'en couper l'appétit. Moi, je n'ai pas ce luxe-là. Trop de malades. Trop d'ignorance. Et quand c'est la mienne que je constate... » Une autre fois : « C'est magnifique de lire autant. De pouvoir assouvir, et de quelle manière, les voyages que tu ne fais pas. Soit. Mais manger correctement n'a jamais porté atteinte au bon développement de l'esprit. C'est l'inverse que je sache. Je suppose que tu connais : "Un esprit sain dans un corps sain." Et tu pourrais quand même lever le nez de tes bouquins de temps en temps et regarder le monde autour de toi. Il existe aussi. Et avec quelles difficultés... Tu ne voudrais pas venir m'aider un peu à l'hôpital ? Avec ma façon de baragouiner l'arabe, ça me prend un temps fou de m'assurer que les malades ont bien compris. L'infirmier a trop de travail pour se cantonner au rôle de traducteur. Nous sommes comme des tâcherons... » Je ne réponds pas : regarder le monde autour de moi ? Mais je ne fais que ça. Jusqu'à l'écœurement. C'est ce qui me retourne la tête et l'estomac. Je me domine, coupe son plaidoyer : « Mon père ne voudra jamais. » « Ton père, je m'en charge. » « Je veux bien essayer. »

Je le rejoins dès le lendemain matin à l'hôpital.

A l'hôpital, au contact du docteur Shalles, je découvre peu à peu combien le regard des malades est différent. Quel que soit leur âge.

La souffrance les débarrasse du jugement, de l'insulte, du mépris, du besoin de domination. Dans la douleur, ils livrent leurs tourments, leurs incertitudes, appellent l'attention. Certains avec l'impatience consciente du danger. D'aucuns racontent l'insignifiant avec force détails et donnent le sentiment de vouloir détourner les mots comme pour s'aveugler sur un terrible secret... Désormais, lorsque j'affronte un regard blessant, je ne peux m'empêcher de penser : Il mériterait une bonne maladie, celui-là ! L'abominable contamine déjà tous nos rapports. Il nous sort même par les yeux.

J'ai conscience à présent que ces regards-là ont forgé ma nécessité de toucher au corps souffrant de l'autre. Ce rapport procède déjà d'un déplacement de l'angoisse et de la douleur. Il est l'aveu qui engage et recrée le lien. Il suscite le don et procure une raison d'être.

Nous nous entendons à merveille le docteur Shalles et moi. Les heures de labeur, les inquiétudes et les fous rires tissent notre complicité. « Ma fille dis-lui que le *Si Boubou* qu'il m'a donné, même avec du thé brûlant, il reste coincé là ! » proteste un grand malabar en me montrant le haut de sa gorge. Je me tourne vers le docteur Shalles : « Si Boubou ? » Il consulte sa fiche : « Je lui avais prescrit des suppositoires de... » La traduction de suppositoire en « Si Boubou », « monsieur Boubou », se fait instantanément dans ma tête. Je manque de m'étrangler à mon tour. Comment a-t-il pu faire une chose pareille ? Demander à ce gus de s'enfiler « des messieurs » sous le boubou ? A en juger par l'expression de ses yeux, Shalles a compris lui aussi. Les hommes – comme les femmes du reste – ne peuvent concevoir de soins que par la sacro-sainte Piqûre. De préférence intraveineuse. Celle qui fait mal à un endroit honorable et injecte le sang. Celle qui n'oblige pas à baisser le froc. « Quand je te parlais de mon ignorance... Te voilà carrément témoin de ma bêtise ! » se désole Shalles dans le dos du patient.

Je questionne les malades, rédige les ordonnances sous sa dictée. Sa capacité de travail, son aptitude à se maintenir à portée des plus humbles, des instruits de rien, me fascinent. J'ai sous les yeux un personnage de roman vivant. Un Don Quichotte venu braver tous les extrêmes du désert. L'été en perd son ennui.

Mes rares incursions auprès de madame Shalles me laissent un sentiment de burlesque. Prises des contractions de leur douzième, treizième – nième – grossesse, des femmes braillent à s'en fendre le ventre : « Par Allah, par Mohammed, son prophète, jamais plus... » Je tourne les talons et me retiens de railler : « Arrête tes jérémiades. Tu sais bien que dans quatre à cinq mois, ton zig va te shooter un nouveau ballon ! Et ni Mohammed ni Allah n'y pourront rien. »

Madame Shalles ne m'en tient pas rigueur. La charge de travail de son mari est un alibi inattaquable.

A la fin de la consultation, Shalles raccroche enfin sa blouse : « On va se poser et manger ? » C'est devenu une habitude. Alors je prends soin d'emporter un livre. La maison des Shalles est un havre de paix. Je peux y lire tranquillement. Jusqu'à ce que la chaleur soit moins accablante. C'est toujours ça de pris sur le tintamarre de notre maison.

Une tomate, une tranche de melon ou de pastèque suffisent à me plomber l'estomac.

Malgré les récriminations du couple, je quitte la table. Un livre m'attend sur la banquette du salon. Par la baie vitrée je vois le ciel chauffé à blanc. La palmeraie a l'air d'un calque repassé au fer. Le docteur Shalles va choisir un disque, le met sur le pick-up. Je m'allonge, reprends ma lecture.

Soudain une voix puissante monte en moi, me soulève. Je l'écoute avec la sensation de planer un mètre au-dessus de la banquette. C'est une voix de femme. Une tornade. Dans cette extase, j'entends Shalles demander au loin : « Qu'est-ce que tu veux faire plus tard ? Tu ne me l'as pas dit. » Je fais un effort pour m'asseoir. J'ai l'impression d'avoir atteint l'apesanteur des cosmonautes. Je dois avoir ce regard dévasté par un rêve démesuré. J'en oublie mes aspirations successives : cosmonaute justement, peintre... leurs tiraillements, pour déclarer sans vergogne : « Chanter comme elle ! Comment elle s'appelle ? » Shalles part d'un rire tonitruant. « Elle, c'est une étoile. C'est La Callas ! » C'est La Callas, oui, dans *Casta Diva*. Je divague dans mon for intérieur : les étoiles vont bien aux cosmonautes. Pourquoi pas les deux ? Quand on est là-haut, on est une étoile...

On ne connaît pas le ridicule lorsqu'on est ignorant de tout. C'est ce qui permet des rêves sans limites.

Le docteur Shalles s'arrête de rire devant mon air froissé, me sourit en hochant la tête. En vérité je suis plus que vexée. Je me sens humiliée. Comme lorsque mon père me dit : « Mais, tu n'es qu'une fille, toi ! », dans l'exclamation de Shalles j'entends : « Mais tu n'es qu'une Arabe, toi ! » Et je me défends : C'est une étoile et c'est une femme. « Je peux voir la pochette ? » Elle est très belle. Et surtout elle est brune. Une de plus ! Je connais déjà les visages et les silhouettes, si différents, de Barbara, de Piaf. Perchée sur ma dune, je chante l'une et l'autre entre mes rêveries, mes lectures. Et qu'importe l'apparence des longues dames brunes, des moineaux de Montmartre, ou d'ailleurs... Quelques voix ont une portée irréductible. Elles, elles percent mon néant, me transportent.

J'adhère moins totalement aux brames de quelques grands hommes de la chanson française. De Brel j'ai détourné *Ne me quitte pas* en : « Je te quitterai » et rugis avec fougue : « Je ne serai jamais l'ombre de ton ombre, l'ombre de ton chien... Va-t'en ! » Ce n'est que beaucoup plus tard que je mettrai une dame noire au-dessus de tous, Nina Simone. Une virtuose dérangeante. Une nomade géante.

Devant mon silence buté, Shalles adopte un ton apaisant : « Bon, à part le chant ? » « La peinture ou... » Je ne dis pas cosmonaute parce qu'un souvenir de l'enfance m'envahit. Quand j'étais à l'école primaire, un jour, l'institutrice nous avait demandé d'acheter des canevas et du fil pour nous apprendre le point de croix. J'aimais tellement mon institutrice qu'habituellement je devançais ses demandes. C'est grâce à son attention, à ses efforts que j'étais devenue première de ma classe. Mais là, il me semblait qu'elle me renvoyait avec les autres. A un statut que j'essayais de fuir. L'esprit chagrin, je m'étais tout de même rendue à l'unique mercerie du village tenue par une pied-noire. Pendant un moment j'ai tourné en rond comme une guêpe se cogne à une vitre. Sans savoir comment sortir. M'en sortir. Puis sans répondre aux questions de la femme derrière son étalage, j'ai filé vers la papeterie voisine. J'y ai acheté de la gouache, des fusains, du papier

Canson. Je suis repartie en classe avec mon butin. Mon institutrice en a ri. A mon grand soulagement. Je craignais tellement de la décevoir. Et pendant qu'elle montrait aux autres comment exécuter le point de croix, moi, j'avais quartier libre. Je pensais que j'allais peindre un chalet de montagne, son ruisseau, ses pâquerettes... Pour lui faire plaisir. On nous l'a suggéré tellement de fois. Ou alors un de ces paysages de mes rêveries. Par-delà le vide de l'horizon. Après un instant de flottement, je me suis laissée aller à mon instinct. J'ai peint un ciel crevé. Son sang dégoulinait tout le long de palmiers difformes, se coagulait à leurs troncs. Des dunes sucées par le vide. De temps en temps mon institutrice venait jeter un coup d'œil par-dessus mon épaule. Inquiète de sa perception, j'ai levé la tête vers elle : « C'est par grand vent. Très grand vent. Mais les dunes, elles, elles savent qu'il n'y a rien derrière. » Elle a acquiescé avant de répondre : « Oui, je comprends. » Quel bonheur ce « je comprends » ! J'ai aimé doublement cette femme.

Lorsque à la sonnerie de cinq heures, les autres filles se sont levées dans le brouhaha habituel, j'ai crié : « J'ai pas fini, moi ! » Mon institutrice a objecté : « Je suis obligée de partir. Mais tu peux rester. Je vais dire à la femme de ménage de ne pas te déranger. Au gardien de ne fermer la porte qu'après ton départ. » Je l'ai regardée ranger son cartable. Elle est venue me toucher les cheveux avant de s'en aller. C'était la première fois que je restais seule dans mon école. J'ai écouté les bruits s'égrener, s'éteindre, céder la place au silence. Un silence voluptueux. Un sas entre les guerres et moi. Celle qui ravageait le village. Celle qui me dressait déjà contre mes parents.

J'ai continué à fignoler mon « tableau » à la maison. A la lueur d'un quinquet. Lorsque tout le monde était couché. Je ne l'ai remis à mon institutrice que deux jours plus tard : « C'est magnifique, vraiment. Je ne peux pas te mettre 20. Ce ne serait pas bon pour toi. Dix-sept et tu promets de continuer ? » « Oui. » « Tu veux bien qu'on l'accroche en classe ? » « Oui. » J'aurais dû répondre que j'en étais fière. Mais l'expérience m'avait tellement exténuée.

J'ai persisté à « peindre ». Par moments. Par crises. Par transes. Le désert évidemment. Un désert dont les violences ont vite viré en abstractions. Une fureur, un déchirement de la couleur qui étaient d'abord des torsions physiques. Je sortais toujours éreintée de ces accès. J'ai fini par les redouter. Est-ce parce que le trait, le toucher, les nuances de la couleur jouaient un rôle de révélateurs ? Comment assumer cet inconciliable : ce désert, ses brutalités imprimées sur ma rétine, dans ma sensibilité et mon aspiration à l'amour, à l'ailleurs ? Quand l'amour est ailleurs. Forcément. Je n'étais pas prête à cette expression. A son engagement physique. J'étais encore dans la négation du corps. Il n'était qu'une ombre portée. Arracher un peu de liberté mobilisait toute mon énergie. Le cri, la rébellion étaient mon seul langage.

Moi, l'attentive au sens des mots, celui de désert me résumait et me donnait envie de fuir.

Plus tard ces couleurs abandonnées, j'ai entrepris au fur et à mesure d'en habiller mon corps blessé. La chaleur de leur teinte pour seule étreinte, je suis devenue soucieuse du grain, du toucher des étoffes. Une seconde peau pour porter beau mon désespoir.

Mais l'éclat intérieur, lui, m'est venu des mots.

Je ne suis pas en train d'insinuer que j'ai peut-être réprimé un peintre de génie en moi. Quel regard porterais-je maintenant sur mes forfaits d'enfant? Je l'ignore. Mais je garde intacts dans ma mémoire l'épreuve physique et le désarroi qu'ils provoquaient en moi.

« Héhé ! Tu reviens avec moi ? » Shalles est assis à califourchon sur une chaise, les coudes appuyés au dossier : « Tu connais des peintres dans le désert ? » « Non. » « Ne parlons pas des chanteurs, des musiciens. Comment sont perçues les chanteuses ici ou même ailleurs dans ce pays ? » « Comme des putains. » « Est-ce que tu te rends compte que dans une situation qu'on pourrait croire sans issue, toi, tu as des atouts majeurs : ta volonté, ta soif d'apprendre. Tu ne peux pas te marginaliser avec ces capacités-là ! Tu pourrais devenir professeur, ingénieur, mieux, médecin. Après, je te sais suffisam-

L'homme de ma vocation

ment combative pour assouvir une passion. Mais tu auras changé la donne. »

Je le regarde et les journées passées auprès de lui défilent dans ma tête. Je ne sais pas encore que ce qui me fait revenir vers lui, vers ses patients, c'est ce contact avec la souffrance des autres qui m'apprivoise, m'humanise, me fait un moment déposer les armes. J'ignore encore que ces instants de communion me resteront essentiels. Mais je me sens bien dans son univers. Sa compagnie me réconforte, me repose de l'hostilité.

Devenir médecin... Je n'y avais jamais pensé auparavant. Moi, je m'interdis de poser la seule question qui pourtant me brûle la langue : pourquoi n'ont-ils pas d'enfants, sa femme et lui ? Parce que ici ce genre d'interrogation prend toujours des allures d'attaque. D'inquisition. Je n'ose pas m'avouer que ça me fait plaisir qu'il n'ait pas d'enfants. Je suis secrètement amoureuse de lui. Je n'ai pas envie d'une relation physique avec lui, non. Je suis amoureuse de l'être qu'il est. De sa façon d'être au monde. Je suis fascinée par sa faculté de faire de la souffrance d'autrui sa principale préoccupation. De vouer son temps à tenter de comprendre, d'apporter des remèdes, de soulager. D'y puiser cette sérénité. Cette noblesse.

Tout se confond dans ma tête : l'énormité de sa tâche. La place qu'il m'y a faite. Son regard qui m'ausculte, m'interroge, me caresse et se brouille parfois.

Un jour, je serai médecin, oui. Un médecin comme lui.

Le goût du blond

Je sors des locaux de la faculté de médecine lorsque je vois Saïd pour la première fois. Il a des cheveux et des yeux clairs. Il s'arrête, me regarde. Je me dirige vers la cité universitaire mitoyenne, me retourne avant de franchir le portail de séparation. Il est en train d'ouvrir une voiture garée dans l'allée centrale. Il me fixe encore. «Un fils de bourge? Un professeur français?» J'emporte avec moi l'image de sa blondeur à la tombée de la nuit.

C'est un fils de bourge. Il a deux voitures payées par papa alors que je trime à travailler parallèlement à mes études. Saïd est kabyle, de taille moyenne. Il a des yeux verts. Et c'est un grand timide.

Ça le rachète un peu.

Il me mate de loin, longtemps, sans oser m'aborder. Mais son regard ne poisse pas. Qu'il n'ait ni la tchatche, ni la frime, ni l'impatience du fier-à-bras malgré les signes tangibles de l'aisance matérielle finit par avoir raison de mes appréhensions. J'aime ces yeux-là sur moi. Une première caresse qui remet la peau au goût de l'émotion.

Ce sont ses amis qui vont finir par organiser une fête pour nous rapprocher. C'est comme ça que commence ma première grande histoire d'amour. Cette douceur, cette ivresse d'être dans ses bras. Ses mains me révèlent des secrets insoupçonnés de ma peau. Soudain cette extension sensible, sensuelle de mon être. Je suis une héroïne de roman. A n'en pas douter. La vie devient enfin un roman. Je ne m'arrache à l'étreinte de Saïd que pour courir la raconter aux copines et vérifier, à leur souffle suspendu à mes lèvres, que je ne suis plus en train de rêver. C'est moi qui fais rêver.

Saïd m'invite à dîner en bord de mer. Il me conseille une langouste grillée, « excellente ici ». Je n'en ai jamais mangé. Je dévore le crustacé. Je trouve ça tellement bon que je m'en lèche les doigts. Ses yeux verts et les lumières de la mer ne sont pas étrangers à mon euphorie. J'ai bien échappé à toutes les noirceurs, les nausées, les rages du désert. Là-bas, je n'aurais pas pu me laisser aller à ce sentiment merveilleux pour un homme. L'amour me sauve d'abord de mes propres furies.

Je vois, je bois des rayons verts. Ses yeux. La mer.

La cité universitaire est notre refuge le plus sûr. Les couples sont tolérés dans quelques lieux de la corniche. La ville est peu propice aux amoureux en dehors d'une poignée de restaurants. Saïd est fin gourmet. Il adore le poisson. J'en découvre toutes les variétés et ne les déguste que grillés.

La rumeur de la mer, ses lueurs resteront le creuset de nos divagations amoureuses. Ses embruns, ses saveurs, les yeux dans les yeux, la mer à ressac, le voyage de l'amour.

Un grand voyage, oui, partir dans ce sentiment inconnu. J'ai deux amours. Presque simultanément. L'autre, c'est Mustapha. L'autre va devenir mon meilleur ami. Ces deux amours me pacifient, me réconcilient avec l'Algérie que, depuis un désastreux soir de novembre, j'avais en détestation. Je réapprends à être, à me sentir algérienne. Avec une compréhension plus grande des complexités sociales. De l'immaturité de cette nation. Avec un peu de tolérance malgré les menaces de l'intégrisme montant.

Combien de promenades en voiture sur les collines dominant la mer pour apprivoiser le désir ? Que c'est difficile l'amour au grand jour dans l'Algérie de ces années-là ! Non seulement les syndics, les voisins, les juges de tous poils peuvent nous sermonner, nous injurier, nous dénoncer aux brigades des mœurs qui patrouillent et traquent les couples illégitimes... Mais il nous faut encore compter avec nos propres tiraillements. Il faut dire que nous brûlons toutes les étapes, nous, les quelques étudiantes de ce temps-là. Échappées du Moyen Age de nos mères illettrées, nous avons conquis de haute lutte, en moins d'une décennie, le droit à l'amour, à l'amitié d'un homme, au savoir...

Sortie de mon extrême solitude, dopée par l'amour et par la compagnie de quelques autres filles aussi irréductibles que moi, je peux enfin révéler un secret d'importance : je suis athée depuis mes quinze ans. Ça me soulage tellement de pouvoir enfin le faire entendre, le clamer. Car cet aveu-là n'est pas sans risque dans une société des plus intolérantes. En comparaison, les mots les plus crus sur le sexe paraissent presque anodins. Pourtant, ils suffisent à faire encourir les sentences de la canaille fondamentaliste. Je respecte la foi lorsqu'elle est constitutive d'un individu. Quand elle est une lumière intérieure. Qu'elle ne brandit ni la sentence ni le glaive. Pourquoi la différence chez nous n'est-elle source que de discrimination, d'exclusion ? Pour moi, croire en quelques êtres jusqu'à pouvoir les aimer, les admirer me suffit. J'ai une autre conception de la vie que cette unanimité docile, servile ou forcée. Je suis consciente que le pouvoir est en train d'empêcher l'émergence de l'esprit critique au sein de l'école. La génération d'après la mienne est livrée au moule intégriste. Imposer ma façon de vivre en conformité avec ma pensée est un acte de résistance. Je me grise de ne plus rien camoufler. Je mange sur le balcon de ma chambre à la cité universitaire pendant le ramadan. Et quand manger est une victoire sur quelques batailles, je m'en délecte. En Algérie un homme s'interdit encore de fumer devant son père, ses aînés « par respect ». Je me mets à fumer à l'hôpital, dans les amphithéâtres, dans les restaurants pour l'irrévérence. Pour bien signifier que rien ne m'est interdit. Pour répondre fi! à toutes les camisoles. Consumer enfin toutes les libertés est un tel vertige.

La plupart des copines persistent à se cacher. A se gendarmer pour assurer leur avancée, afin de ne pas s'exposer au tir groupé des condamnations. Certaines demeurent, parfois à leur corps défendant, empêtrées par les fatwas de leurs mères. Préserver leur virginité jusqu'au soir des noces par exemple. Le sexe d'abord, la religion, la politique, l'alcool ensuite sont au centre d'altercations loufoques.

Nous sommes dans ma chambre à la cité universitaire. Tétanisé, pantelant, Saïd me dit : « Je t'aime. Je te respecte. Je ne peux te faire ça! » « Ça » c'est me faire l'amour. Jusqu'au bout. Un peu plus tard, lorsque la passion nous déborde, il murmure éperdu : « On va se marier. Comme ça on pourra. Je veux te faire ça avec les honneurs. » Les honneurs ? C'est quoi les honneurs ? L'assentiment religieux, social et une conjuration de youyous sadiques ! Mais je n'ai aucune envie de me marier, moi ! Je veux qu'on m'aime sans ce cirque. Sans inquisition. Saïd a une telle mine terrorisée que je le prends en pitié. Jamais je n'aurai mieux compris à quel point les hommes peuvent être, malgré toute apparence, aussi inhibés par le carcan de la tradition.

L'embrasement du désir finira par vaincre ses endurances héroïques.

Cette petite douleur et cette joie ! La joie, oui, plus que la jouissance. La jubilation de m'être affranchie de cet interdit majeur au nez et à la barbe des sentences familiales et sociales. Personne ne verra la tache de mon sang sur un drap ou sur une chemise. Personne ne l'exhibera comme le sceau de la dignité de toute une tribu. Je laverai mon sang toute seule. Je veux laver mon sang de tout ce qui entache la vie d'une femme. Je sens monter en moi un grand rire. Voilà. Je les emmerde!

Saïd en a les larmes aux yeux. Je ne peux m'empêcher de penser avec consternation : Quand les filles se font violer avec le consentement des familles, ce sont elles qui pleurent. Si elles décident seules de leur sexualité, elles peuvent donc faire pleurer les hommes. Mais le sarcasme n'est pas de mise. Saïd est bouleversé. Je me doute bien que ce n'est pas seulement l'effet des décharges de l'orgasme. Qu'il doit éprouver une part de culpabilité. Le sentiment d'avoir déporté notre amour hors du respectable. Je prends son visage dans mes mains. J'embrasse ses yeux, sèche ses larmes. L'orgueil, l'honneur, pour moi c'est précisément d'avoir accompli cet acte en toute liberté. Même maladroite, cette première fois n'en est pas moins un événement capital dans ma vie. J'en éprouve un sentiment de gravité.

Je serai souvent confrontée à ce décalage de nos perceptions de la vie, de notre avenir, à Saïd et moi. Une mésentente totale vient, parfois insidieusement, parfois brutalement, s'immiscer, se dresser entre nous comme une

Le goût du blond

glace sans tain. Nous en sommes si effarés que nous nous jetons l'un contre l'autre. Et l'accord auquel nous ne parvenons pas avec des mots s'installe d'emblée dans notre corps à corps. Le désir nous soudera contre bien des naufrages.

Nous nous racontons nos premières fois entre copines. Chacune d'elles est un début de roman édifiant sur les paradoxes de notre génération. Combien de filles tombent enceintes encore vierges ? La plupart ! Malgré les limites imposées à leurs ébats, un spermatozoïde obstiné finit par franchir tous les obstacles et atteint son ovule. Il ne reste plus à ces immaculées conceptions que de se laisser enfin déflorer avant d'avorter.

Avec l'avènement de la pilule, nous, les étudiantes en médecine, devenons les meilleures alliées des représentants médicaux et pourvoyons les autres filles en miracles de la science. Mais la foireuse méthode Ogino sévira longtemps encore faisant la fortune de gynécologues parfois peu scrupuleux. Ceux-là contribuent à instituer l'avortement en méthode de contraception. Ils s'enrichissent du malheur des plus crédules, prises en tenailles entre leur désir et la réprobation sociale. Certains deviendront tristement renommés pour le nombre de complications post-avortements porté à leur crédit. Il arrive que leur incurie mette une vie en danger. Appelées à la rescousse, nous sommes une poignée de sentinelles à cavaler, souvent à des heures indues, vers l'hôpital pour nous munir d'antibiotiques et de quoi perfuser la « pécheresse » du moment. La sauver du risque fatal d'une septicémie.

Pouvoir satanique qui parachève notre réputation.

Nous évitons le quartier de mon amoureux. Les rares fois où nous sommes obligés d'emprunter sa rue en voiture, Saïd aux aguets, ralentit, inspecte les trottoirs avant de s'aventurer devant sa maison. S'il distingue une présence familière à proximité, il vire d'un coup sec dans une artère adjacente.

Je détaille la demeure de ses parents. C'est une grande bâtisse. Volets toujours clos derrière des grilles massives. Moi qui suffoquais face à l'horizon du désert, je préfère ne pas penser à la vie d'une femme enfermée à perpétuité là-dedans.

Voilà quatre ans que je vis à la cité universitaire. Saïd habite toujours chez ses parents. Seul le mariage nous permettrait de vivre ensemble en ville. Sans harcèlement policier et autres condamnations. Mais il y a tant d'entraves à ce projet qu'il est pour moi une abstraction. Les parents de Saïd ne veulent pas de moi : je ne suis pas kabyle. Je suis étudiante. De surcroît en médecine. Autant dire les plus dangereuses putains. Deux ans qu'ils ne désarment pas.

Saïd aimerait tellement obtenir leur consentement avant de partir pour le service militaire. Pour les infléchir, il me jure qu'il ne reviendra chez lui qu'à leur reddition. C'est moi qui devrais lui rendre visite à Alger où, durant sa dernière année d'études, il travaille à son mémoire...

Il est malheureux d'être dans la capitale sans moi. Le soir, chaque fois que ses copains ne le voient pas arriver au rendez-vous du repas, ils ne s'en inquiètent pas : « Le mordu a repris la route vers Oran. » Saïd sait que je me couche tard. Deux à trois fois par semaine, il est minuit, une heure du matin quand je l'entends gratter à ma porte. J'ai peur pour lui sur les routes, la nuit. L'éloignement et les craintes sur notre avenir aiguisent notre amour.

Au bout de combien de désertions et de marchandages Saïd réussit-il enfin à extorquer la permission de m'épouser ? A ce moment-là, c'est moi qui flanche. Car tous les constats, toutes les appréhensions que j'écartais de mes pensées devant un projet des plus hasardeux – vivre ensemble –, se mettent à me manger la tête :

« Que de batailles t'a-t-il fallu pour arracher le droit de te passer de l'autorisation de tes parents ? Combien en reste-t-il à livrer aux instances du pays pour imposer enfin une non-ingérence dans ce qui n'engage que la vie d'un individu ? D'une femme surtout ? As-tu mis tant d'années à t'extraire des griffes de ta propre tribu pour aller te fourrer sous le joug d'une autre, d'une poigne sûrement plus implacable par le pouvoir de l'argent ? Ce lien-là est encore plus indéfectible que ceux de la tradition. Saïd, lui, c'est certain, ne fera jamais rien sans l'accord des siens. S'il te fallait une preuve... »

Le spectre de l'intégrisme n'est pas pour me rassurer.

Mais je l'aime toujours. Et voilà que l'incroyable m'arrive à moi, l'étudiante en médecine qui fournit les copines en pilule : je tombe enceinte. Je tombe. Je tombe. Je tombe. Dans des moments de sursaut, je parviens à me raccrocher au rire. Je ris de l'énormité de mon acte manqué. Pour aussitôt me trouver pitoyable. Quelque chose chavire, se déchire en moi. Dans une confusion totale.

Nous subissons déjà les attaques des intégristes en ce milieu des années soixante-dix. Ils sont déjà parmi nous à l'université. La sélection drastique des amitiés a tôt fait de nous regrouper, nous, les plus indomptables des filles. C'est au culot, à la détermination, au franc-parler, aux risques bravés que nous nous jaugeons. Nous avons pris l'habitude de nous retrouver, le soir ou le temps d'un week-end, chez un « couple mixte, une union libre » : Amina est tunisienne et sociologue,

Jacques est français et professeur de lettres. Ils louent une belle maison perchée sur la falaise de Aïn El-Turc. Leur immense salon, d'où nous pouvons admirer la mer vingt mètres plus bas, devient le lieu de notre ralliement. L'écoute, les attentions du couple, leur exemple, nous réconfortent, nous revitalisent.

A leur invite, c'est là que je vais me réfugier quelques jours. C'est chez eux, dans cette turbulence des jours, que je rencontre Alain, un homme venu de la mer. Il a accosté à Oran en voilier. Il est français. Il a pris la mer pour fuir un désespoir : la mort de sa mère, l'amour de sa vie, après des années de souffrance dues à un cancer. Le mépris, les frasques de son père... Il a pris la mer pour survivre. La mer l'a restitué à la vie. Il me raconte son errance en bateau, ponctue son récit de suggestions : « Je t'enlève ? Je quitte le port. Tu m'attends sur une plage. Je t'embarque. Ni vu ni connu. Finis, les tracas de ce pays ! » Il a essuyé une tempête au cours de sa traversée. Une déferlante a fait chavirer son bateau. Heureusement qu'il avait un harnais. Lorsque le voilier s'est redressé, il a été repêché, écrasé sur le pont. Il a deux côtes cassées.

L'exaltation du danger, les joies de l'aventure dans la bouche d'un homme, j'ai besoin de ça. J'en ai soupé des interdits. Je ne lui parle pas de mon état. J'ai pris rendez-vous pour me faire avorter. J'ai besoin des bras d'un homme. J'ai besoin de cette force de vie. C'est tout.

Quelques personnes de mon entourage crient à la trahison. Une « trahison » nécessaire. Car pour éphémère que soit cette aventure, elle ne m'insuffle pas moins la volonté d'échapper aux pièges de l'amour. Et l'image ultra-conservatrice de la tribu de Saïd est un tel repoussoir.

« Sortir avec un étranger » en Algérie c'est comme s'avouer athée. C'est bafouer la religion. C'est se placer dans l'inacceptable, l'innommable. Mais moi je n'ai pas oublié qu'enfant déjà, et alors que l'Algérie était à feu et à sang, l'affection, l'attention, d'une institutrice, d'une femme juive, d'un chef d'atelier pied-noir... avaient été des trésors de guerre. Elles m'avaient définitivement prémunie contre les perceptions manichéennes des communautés. Cette aberration qui voudrait fondre la diversité humaine en blocs monolithiques, hermétiques. Fossilisés par des dogmes. Déjà seul m'importait l'être que j'avais en face de moi. Ce qu'il pensait. Révulsée par le racisme croisé, je montais déjà sur mes ergots et crachais à la face ahurie de ma mère : « Moi, j'épouserai un juif ! » Je le voulais vraiment. De toutes mes forces. Je le voulais en réaction contre l'infernal cloisonnement des sexes, des classes, des races... Par envie d'un grand coup de pied dans cette ségrégation gigogne. Une kyrielle de tyrannies instituées en lois divines.

Le corps, la sensualité d'un étranger comme premiers abords de l'exil. Un exil salutaire. J'en suis persuadée maintenant : seuls les hommes des lointains, d'une autre terre, pourraient m'aider à m'affranchir totalement de l'embrouillamini algérien. Ça n'a rien à voir avec une quelconque aspiration à l'exotisme. Non. C'est avant tout le besoin de fuir l'inquisition, la cruauté, la discrimination, la bêtise, l'oppression du familier. Me désengluer des habitudes, des simulacres du collec-

Le goût du blond

tif. Passer par l'étranger comme on prend le maquis. Pour me sauver. Pour trouver ma voie.

Je me réveille dans une pièce de la taille d'un cagibi. Je suis seule. Je grelotte. Paradoxalement, c'est en cet instant, encore déconnectée par l'anesthésie, qu'un éclair de lucidité traverse mon esprit : il n'y aura pas d'autre fois. Pas d'autre grossesse. Ni avortée ni portée à terme. Soudain, cette décision n'est plus seulement le refus de l'enfance et de l'adolescence. Elle est d'une autre dimension. Jusque-là rejetée aux limbes de la conscience, j'ignorais comment l'appréhender. Comment l'expliciter. L'angoisse brouille tellement mes perceptions. Pour la première fois j'ai peur de m'avouer un refus. Peur de ce qu'il me dévoile de moi. De la part d'ombre encore refoulée. Pour me rassurer, je me dis : Sauf à finir au cimetière, en prison ou chez les fous, il n'y a pas de place pour une jusqu'au-boutiste comme moi en Algérie. Je ne veux pas que quelqu'un d'autre puisse souffrir de mes angoisses, de mes doutes, de mes désespoirs. Une enfance écorchée reste accrochée à mes rêves. Tellement. Tellement. Je n'ai pas envie de me mentir. Je ne sais pas où est la vérité.

Et cette voix de vigie qui se remet à marteler dans ma tête :

« Va te faire voir ailleurs ! Taille la route de la liberté. Pourquoi pas le Canada ? Un vieux rêve, non ? »

Je me gèle. J'ai de la glace dans la tête, dans le ventre. Ce réveil glacial, est-ce la fin d'un monde ou son commencement ?

Fatima, une copine de la bande, vient me cueillir encore flageolante et transie. Elle me conduit chez elle, veille sur moi. J'ai donné des consignes : que personne ne dise à Alain ce que je viens de subir. Ni où je suis. J'ai tant d'autres problèmes à affronter.

De toute évidence « l'accord » des parents de Saïd n'était qu'une stratégie destinée à donner le change, le temps d'organiser de grandes manœuvres. Il a commencé son service militaire, rassuré. Une fois Saïd pris dans cette mécanique infernale, sa famille a rameuté tous les gradés du clan. Je ne sais quel micmac ils ont fomenté pour l'envoyer

Le goût du blond

le plus loin possible de moi. A l'autre bout du pays, dans les Aurès, à Batna. Il a dans cette ville un oncle haut placé dans l'armée et une foule de cousines.

C'est ça le clan. Lorsque l'un d'entre eux s'en évade, tous les autres se liguent pour l'y ramener. Une vraie battue. La douleur infligée n'a aucune importance. Fût-elle celle d'une mutilation. Du moment qu'il s'agit de l'honneur. Et si de surcroît il y a de l'argent à la clef des machinations...

Pour achever Saïd une langue « bienveillante » s'est chargée de lui rapporter ma liaison avec un *Gaouri*. J'imagine son ressentiment. Mais moi, je suis déjà ailleurs. J'ai recommencé à partir.

Saïd a fini par regagner le bercail de ses traditions. Il s'est laissé marier par ses parents. Il a fait des enfants cent pour cent kabyles. Mieux, consanguins. Chacun se débrouille comme il veut – parfois comme il peut – avec son identité. Quoi qu'il en soit, quatre années d'amour dans cette adversité, ça ne s'oublie pas.

Et même si pour l'instant je me sens encore un peu détruite, dans la fuite, je n'en garde pas moins « du cœur au ventre ». Et l'habitude – le luxe devrais-je dire – d'écumer les restaurants de la ville. Le fait d'y être la plupart du temps l'unique fille, de m'y rendre désormais toute seule, me donne un appétit de conquérante. Mon regard embrasse sans ciller la masse de têtes brunes interloquées par mon intrusion.

Les forces tyranniques de nos traditions ont eu raison de cet amour. Mais elles m'ont forgé une certitude : j'ai besoin d'un homme libre.

Le Français qui me fait la cuisine

Je dois sauver ma peau. Je m'enfuis avant les perspectives du départ pour le Canada. Je déserte un autre amour qui me prend au dépourvu. Un autre Kabyle. Un autre blond. Un autre fils de riche... Je pars pour Paris, l'été 1977. Je pars au moins trois mois. Une amie m'y prête son studio, rue d'Alésia. Après, je n'en sais rien. L'après reste à inventer.

Je fais des gardes au noir. J'ai des amants d'un soir. Je refuse de les revoir. Je refuse de leur parler de l'Algérie. J'ai tant à oublier. C'est moi qui pose les questions. Je suis avide de comprendre les relations entre hommes et femmes, le jeu politique, les règles de la démocratie, la réalité des libertés ici. Je ne peux me passer des hommes et je les rejette.

Qu'ils me parlent d'amour et je dégaine mon verbe revolver. Je veux juste le désir, le plaisir. Juste les commencements. Tout le reste m'accable, me décourage, m'ennuie. J'ai un comportement de macho. Je le sais. Le spectre de la souffrance est là. Dans mon dos. Je n'ai qu'une idée en tête : partir encore. Partir plus loin. Délivrer mes mouvements de toutes les censures. Essayer d'épuiser la tristesse. M'enivrer du vertige d'une plus grande liberté. Je travaille pour me payer un voyage vers les pays du Nord, fin août.

L'exploration, l'explosion de la sexualité atteint son apogée. Une contre-offensive du corps qui refuse d'être sevré. Qui oppose aux turpitudes des sentiments le panache de la sensualité. La répétition de l'orgasme comme un déni à la mélancolie. Un corps d'homme pour partir. Pour rester vivante.

Je suis à Paris depuis plus d'un mois lorsque je rencontre Jean-Louis. Des amis nous présentent. Jean-Louis est un copain d'Alain, le marin que j'avais rencontré à Oran au moment de ma rupture avec Saïd. Alain lui avait raconté la façon dont je m'étais volatilisée sans laisser de trace. Sans me soucier de lui donner des nouvelles : « Ah, c'est vous le bourreau des cœurs ! »

Jean-Louis a enseigné deux années à l'université d'Oran. Lors de son service militaire. Scandalisé par des agissements despotiques voire crapuleux envers ses étudiants, un jour, il a protesté devant l'administration. Il s'est entendu répliquer : « La révolution, nous l'avons déjà faite. Contre votre pays. Alors vous bouclez votre gueule ou votre valise ? » Il n'a pas pu y revenir l'année suivante : « Je n'étais pas en odeur de sainteté. » La révolution ? Elle reste à faire, la Révolution contre le despotisme des militaires et leurs légions de faux saints.

Nous ne nous étions jamais rencontrés à Oran. Jean-Louis a un voilier lui aussi. Il rentre d'un mois de navigation en Méditerranée. Il enseigne à Polytechnique. Il est grand, châtain, beau mec avec un air revenu de tout qui ne me déplaît pas.

Nous nous retrouvons vingt-quatre heures plus tard, un vendredi soir, à une fête d'amis. Il m'invite à déjeuner le lendemain. C'est mon week-end de repos.

Après le repas, nous passons l'après-midi à déambuler dans Paris. A parler de l'Algérie. Sortir de mon silence m'allège, me décharge du trop-plein de mots enterrés. C'est plus aisé avec quelqu'un qui n'ignore ni les beautés de l'Algérie, ni la chaleur humaine de ses habitants, leurs sidérantes contradictions, ni les ravages du système. Le soir, nous dînons à Montmartre. Nous sommes bien ensemble. Si bien lorsque le désir commence à faire trébucher les mots. A charger les silences. Quand l'éloquence du regard réclame plus fort.

Nous commençons à nous embrasser sur les escaliers de Montmartre. Paris au mois d'août! C'est la première fois que j'accepte d'aller chez un homme. Jean-Louis habite rue Mouffetard.

Le lendemain matin, je me débine. « Pourquoi tu t'en vas ? » J'oppose mille prétextes et me sauve. « Attends, je t'accompagne en voiture ! » Je suis déjà en bas de l'escalier. Jean-Louis me rejoint rue d'Alésia. Nous repartons à travers Paris la main dans la main. C'est magique de se balader la main dans la main dans une ville. Je n'ai jamais fait ça. La

Le Français qui me fait la cuisine

main dans la main avec ce corps baraqué qui m'étreint, m'embrasse tous les vingt pas. En pleine rue, dans la lumière, devant tout le monde : Paris est à moi !

Jean-Louis déploie toutes les séductions possibles, toutes les ruses pour me retenir. Il répète : « Si tu me quittes, je me tue. » J'éclate de rire mais ça m'inquiète. Ça m'inquiète et me réjouit. Sa vie d'homme pour que je puisse aimer la mienne.

Il reprend du congé et nous partons pour la Normandie, la Bretagne. Je cavale à travers champs. Je déniche des ruisseaux dans leur lit de cresson. Je me roule dans les prairies avec Jean-Louis. Nous y faisons l'amour. Nos odeurs se mêlent au bouquet de l'herbe froissée par nos corps. Je me dis, c'est ça le paradis. Là, maintenant. Il n'y en a pas d'autre. Puis, enlacée par lui, je joue au *Dormeur du val*[1]. Mais d'un sommeil feint, frissonnant. La tête de l'amant sur un sein. Au lieu des « deux trous rouges au côté droit ».

Mon voyage vers les pays du Nord s'avère plus que compromis. A l'ambassade d'Alle-

---

1. *Le Dormeur du val*, Arthur Rimbaud.

magne, que je ne devais que traverser, on me dit que j'aurais dû demander un visa à partir de l'Algérie. Il me faudra attendre plus d'un mois. La bande à Bader sévit, donne du fil à retordre. « Laisse tomber. Je t'emmène ailleurs. Tu verras. C'est encore plus beau ! » me console Jean-Louis.

Nous repartons ensemble en voiture. Suisse, Autriche, côte adriatique, Trieste, Venise, la région des lacs... J'ignorais qu'il existait autant de verts. Je suis ivre d'amour et de vert. C'est vert, l'amour. Un feu vert. Vert sous des cieux changeants, éblouis qui glissent avec ses lueurs. De la plus tendre mousse au plus sombre fourré, l'empire de la chlorophylle rayonne aux illuminations de l'amour.

A notre retour en septembre, nous sommes encore plus amoureux qu'au départ. Jean-Louis n'a cessé de me prendre en photo. De me parler de bateau et de mer.

Rue Mouffetard, j'adore le regarder faire la cuisine, les rares soirs où nous ne dînons pas dehors. C'est la première fois qu'un homme me prépare à manger. C'est exotique et érotique. Je le contemple et je craque. Nous faisons l'amour debout dans les arômes.

Le Français qui me fait la cuisine 95

J'ignore encore que nous resterons dix-sept ans ensemble. Mais je mange les mets qu'il prépare. Je dors lovée dans ses bras. Son corps est devenu mon continent.

Ici, c'est moi l'étrangère. C'est bon d'être l'étrangère !

Loin des réprobations algériennes, à Paris, je découvre cette animalité voluptueuse de l'état amoureux. Jean-Louis et moi n'en finissons pas de nous lécher, de nous éprouver, de nous affoler. Du bout de la langue. Du bout des lèvres. Du bout des doigts. Du bout du rêve. A tous les temps. Et quand remontent aux entrailles de plus impérieuses faims, nous nous mordons avec des accès fiévreux. Nous nous dévorons. Puis nous nous endormons l'un dans l'autre, terrassés. Pour un instant rassasiés. Un instant seulement.

L'amour est un délice cannibale.

Je m'émerveille à observer les autres amoureux dans Paris. Ils ne sont pas impudiques. Seuls dans l'impétuosité, ils sont uniques. Uniques et si nombreux, qu'ils m'illuminent la ville. Je les admire et je me dis : S'ils savaient qu'en Algérie des flics nous embarquent si les hommes en notre compagnie ne sont ni père, ni frère ou mari. S'ils savaient qu'ils menacent de nous ficher en tant que prostituées simplement parce que nous sommes allées dîner dehors avec des copains. Tant mieux qu'ils ne sachent pas. Du reste, ils s'en foutraient. Ici, l'amour est à la fois sublime et léger.

A la Mouffe, la nourriture s'expose, dévale la rue jusqu'au marché, passe par les saveurs du monde entier : française, grecque, turque, japonaise, vietnamienne, chinoise... Manger devient une autre aventure. L'eau à la bouche, je goûte à tout. Même aux plus sophistiquées des sauces. Elles ont des parfums migrateurs. Des volées de senteurs aux antipodes de l'atmosphère confite aux interdits des mères en Algérie.

Jean-Louis et moi vadrouillons de quartier en quartier à la recherche de bonnes tables. J'exclus d'emblée celles tenues par des Maghrébins au grand dam de Jean-Louis. Je refuse même d'aller visiter Barbès. Aucune envie de subir une charge d'épices suspectes de me retourner l'estomac en nœud de vipères.

Le Français qui me fait la cuisine 97

La cuisine de Jean-Louis est expéditive. Viandes grillées et pâtes constituent son repas préféré. En célébration de notre vie commune, il achète un livre de recettes et entreprend de déroger à ses sacro-saintes habitudes. Un jour, il m'épate en préparant une bourride de baudroie délicieuse. Encouragé par mon enthousiasme, il se pique au jeu et continue ses investigations culinaires.

Je me régale à table mais la nuit, des accès de douleur cassent mon fragile sommeil et me tiennent longtemps éveillée. Je suis clandestine en France. J'ai quitté l'Algérie sans un sou vaillant. Mes gardes sont payées au noir. C'est le silence total du côté de mes parents qui ne veulent pas entendre parler de ma vie ici...

Un couple d'amis de Jean-Louis m'a prise en affection. Aline et Jacques adorent aller le samedi ou le dimanche matin au marché, passer une partie de l'après-midi à cuisiner ensemble.

Mes premiers automne et hiver à Paris, quand la grisaille et le froid finissent par m'entamer jusqu'à l'estomac, Aline et

Jacques prennent l'habitude de nous inviter. En savourant une flûte de champagne, je les regarde porter un dernier tour de main à divers plats. Je questionne. Ils m'informent, me donnent les secrets de leur cru. Ils adorent me faire parler, raconter mon parcours. J'essaie d'être drôle mais une agressivité à fleur de mots m'enflamme au premier accroc, les laisse pantois. « Calme-toi, calme-toi ! Ils n'y sont pour rien. Tes cataclysmes viennent de si loin. Un jour il faudra que tu écrives ça. Tu vivras certainement mieux tes amours. » Mais je n'ose même pas parler d'écriture. Cette envie-là reste tapie au plus enfoui du tréfonds. Loin derrière le ridicule. Alors je repars dans mes blagues algériennes. Nous rions, nous mangeons. Sitôt après, cette vrille dans le ventre, ce crabe dans l'estomac. Je vais aux toilettes, vomis, me vide d'en bas. Puis je me redresse, crache avec rage dans la cuvette et marmonne entre les dents à l'adresse de ma tripaille : « Je t'emmerde et les tiens avec ! Je suis une femme libre. Je vis comme je veux. Où je veux ! »

Dans l'état vaseux où je reviens vers les autres, une odeur m'accueille : celle du tabac de la pipe que fume Jacques. Je me réfugie dans les bras de Jean-Louis, m'incruste dans son grand corps, prends la pipe de Jacques, la porte à ma bouche, inspire, inhale. Ce goût de pain d'épices. Merveilleux ! Mais quel rapport entre le merveilleux et la réalité ? Je déteste le pain d'épices.

C'est par l'une des voix suaves de Radio Fip que me parvient un jour cette information : dorénavant, les couples vivant hors mariage peuvent officialiser leur union par simple déclaration manuscrite signée par le maire de leur commune. Le conjoint pourra ainsi bénéficier de la sécurité sociale de son partenaire. S'il est étranger, cela lui donne droit à un certificat de résidence. Je rêve ! Je rêve debout ! Je tourne en rond dans le studio de la rue Mouffetard. Je vais pouvoir tomber malade pour de vrai, me faire soigner et guérir sans avoir à quêter la solidarité de la corporation. Je ne vais plus avoir cette pointe au cœur lorsque je croise des flics dans Paris, tard, la nuit. J'aimerais même me faire arrêter à cause de mon faciès. Juste pour le plaisir de pouvoir râler et exiger des explications.

Hélas pour ce qui concerne les certificats de résidence, cette loi ne tiendra que quelques mois avant d'être abrogée. Retour à la case départ...

Je me précipite à la préfecture de police avec la déclaration de notre concubinage, à Jean-Louis et moi, contresignée par le maire du cinquième arrondissement. Les œillades et compliments des policiers en faction devant la préfecture, me signifient que je suis la bienvenue dans ce pays. Ils s'étonnent seulement que je sois algérienne : « Vraiment, on ne le croirait pas à vous voir ! » Avec mon teint, mes cheveux qui tirebouchonnent, ils m'avaient imaginée brésilienne ou fille des îles. Ils auraient préféré ça. C'est plus bandant, fille des îles ou brésilienne. L'Algérie fait encore problème. Elle est même, pour certains, un cauchemar récurrent. Mais ce n'est pas la première fois que je déçois des flics. C'était pire là-bas.

J'aurais pu me moquer : « Mais c'est immense, l'Algérie. Des plus blonds que les blés des montagnes kabyles aux noirs ténèbres du Sahara, il y a tous les teints. Vous ne le saviez pas ? C'était pourtant un département

Le Français qui me fait la cuisine

français. » J'aurais dû rétorquer que j'étais une fille du désert. Ils se seraient sans doute exclamés : « Ah, voilà ! » Mais la fantasmagorie européenne à propos du désert me tape sur les nerfs.

Après une garde éprouvante, quand l'angoisse pour un patient me débranche de la mienne, j'ai parfois des comportements qui me surprennent. Qui contredisent mes décisions antérieures. Un matin brouillé de fatigue et de stress pousse mes pas vers Barbès. Je rôde dans des rues transformées en souk. Un vrai souk, juste un peu plus clinquant que là-bas. Je m'y laisse enfumer par les merguez, les têtes d'agneaux en train de griller. Tout à coup, un étal d'épices m'attire, m'immobilise, me fait écarquiller les yeux, dilater les narines : gingembre, carvi, cannelle, cumin, coriandre... Je reconnais tout. La gorge serrée et sans réfléchir un instant, j'en achète en quantité.

Je n'ai jamais rien su faire sans excès.

Arrivée rue Mouffetard, je téléphone à Aline et Jacques : « Ce soir, c'est moi qui régale. » Me voilà dans la kitchenette, le nez allant de marmite en faitout. De casserole en poêle. A puiser les épices avec les doigts. A en rajouter au flair. A goûter mille fois jusqu'à me remettre en bouche les saveurs de la cuisine de ma mère. Je retrouve tout. C'est exactement ça. J'en sors laminée. J'ai les nerfs aussi tendus que des cordes de guitare. Ma peau est une partition inaudible. Un tempo embrouillé de pointes d'étonnement.

Mes convives sont comblés. Jean-Louis est bluffé : « Tu referas ça ? » Oui. Ça et tout le reste.

Les arômes de ma mère ont envahi notre chambre. Ils imprègnent même nos draps. J'ai l'impression de rêver. Un rêve dérangeant. Doux pourtant. Pour le prolonger je souffle au plus loin mes volutes de fumée. Jacques est arrivé avec un cadeau pour moi : une très jolie petite pipe. Une Paterson qui me chauffe le creux de la main.

Dès lors, je prends l'habitude d'inviter des amis et, des heures durant, je confectionne les plats les plus élaborés. Jean-Louis s'en enorgueillit : « J'assure le quotidien. Malika s'occupe des extras. » De festin en festin, la cuisine d'où qu'elle soit n'aura plus de secret

Le Français qui me fait la cuisine

pour moi. J'en invente même en croisant mes saveurs à celles des ailleurs. J'apprends l'art de l'imagination dégustée, partagée. Et peut-être est-ce cela aussi qui contribue à acclimater mes angoisses d'étrangère.

En sortant de l'hôpital, je marche dans les rues de Paris. Je marche longtemps. J'explore les trésors de la ville. Je me saoule de liberté. Cependant, je ne peux m'empêcher de faire des comparaisons avec l'Algérie. La colère fond sur moi à la pensée des gâchis du pays. D'autres fois, un chagrin infini me serre le cœur. Je me hâte de rentrer, de retrouver Jean-Louis. Je me jette dans ses bras : « Tu m'aimes comment ? Combien ? » « Plus que tout ! » Dans le lit, dans la rue, n'importe où, je lui demande comme affamée : « Tu m'aimes comment ? Combien ? » « Plus que tout ! » C'est un jeu. C'est vital. « Plus que tout » me comble moi qui n'ai rien.

L'année suivante, en 1978, nous décidons de nous marier avant de quitter Paris pour Montpellier. Jean-Louis tient tellement à ce mariage. Il a si peur de me voir partir.

Répondre à cet appel inintelligible qui m'obsède. Me marier résout, certes, mes problèmes de papiers. J'ai beau essayer de me raisonner : c'est pour lui que je suis restée en France. J'habite avec lui. Nous sommes amoureux. Qu'est-ce que ça va changer dans ma vie si ce n'est de pouvoir circuler librement? Seulement ça. Je reste incapable de démêler la complexité de mon tourment.

Pas d'alliances aux doigts. Pas d'invités. Nous sommes seuls ce samedi matin 25 novembre avec nos témoins à la mairie du cinquième. Les parents de Jean-Louis ne l'apprendront qu'un peu plus tard. Je ne les ai vus qu'une fois. Le temps d'un repas chez eux à Béziers. Les miens ne le sauront pas avant douze ou treize ans. Ils y opposeront une fin de non-recevoir.

Je porte une salopette en velours violet, une chemise en laine blanche et mauve. J'ai des Clarks aux pieds. Jean-Louis m'a offert une belle veste en peau d'agneau pour affronter l'hiver. Je dis oui devant le maire. Et je me demande : Mais qu'est-ce que je suis en train de faire? Soudain, j'ai envie de revoir mes amis d'Oran. Horriblement. Soudain, cette sensation de vide.

Le Français qui me fait la cuisine

Nous allons déjeuner dans un restaurant japonais avec nos témoins. J'ai l'impression que ce n'est pas moi qui viens de me marier. Que je ne suis que le témoin. Une tierce personne. J'ai la tête ailleurs. Jean-Louis me serre dans ses bras et me répète : « Je t'aime plus que tout ! » Lui, il a l'air heureux.

Il y a tant de motivations à notre départ pour Montpellier. C'est là que Jean-Louis a son voilier. Il est prêt à sacrifier le prestige de son poste à l'Ecole polytechnique pour « une qualité de vie au quotidien : faire du bateau chaque fois que ça nous chante. Les Cévennes sont à une demi-heure en voiture. L'Espagne est à côté... » Un poste attend déjà à Montpellier.

Moi, c'est de retrouver le soleil, la lumière, la mer qui emporte ma décision. Avant, j'ignorais complètement ce qu'était l'absence de luminosité. C'est dans la grisaille de l'année à Paris qu'a commencé ce supplice. Chaque fois que trois ou quatre jours de repos nous le permettent, nous descendons Jean-Louis et moi vers Montpellier.

La ville me plaît assez. Mais le vrai bonheur, c'est de respirer les garrigues, l'odeur des résineux. D'entendre le chant des cigales. De revoir la Méditerranée. Je fais abstraction de la côte ravagée par le béton. Je bois l'espace bleu, son souffle, ses cieux. J'ai goûté à la navigation en voilier lors de ces escapades. J'ai adoré.

Je n'en éprouve pas moins un réel chagrin de devoir quitter Paris. Mon meilleur ami, Mus, vient d'y arriver. Il va s'inscrire en faculté de médecine pour une spécialité. Quand je l'ai retrouvé, il m'a serrée dans ses bras en me murmurant : « Ça m'a scié que tu te sois mariée, toi ! » L'allégresse de nos retrouvailles est mêlée de regret.

Mais qu'est-ce qui provoque cette terrible crise ? Une maladresse de Jean-Louis, certes. Pourquoi ai-je eu si mal ? Parce qu'elle a réveillé en moi une pléiade de meurtrissures ? Ai-je pris conscience que l'amour d'un seul homme ne suffit pas au bonheur ? Ai-je compris que, quels que soient le lieu et les circonstances, mes joies resteront à jamais amputées des liens qui pourraient leur conférer un rayonnement nécessaire, un socle de solidité ? Quitter Paris que j'aime mais dont la grisaille me suffoque n'est pas facile ?

Le Français qui me fait la cuisine 107

Après de noires ruminations, j'annonce à Jean-Louis que je ne partirai pas avec lui pour Montpellier.

Je reprends contact avec la clinique où j'assumais des gardes. Où j'avais déjà fait mes adieux. Ils n'ont pas encore trouvé quelqu'un pour les « trous » que j'occupais. Je peux y retourner dès demain soir. Et de me mortifier : C'est ça. Les trous, c'est pour moi. En Algérie, les trous c'était seulement dans les finances, dans les manques d'affection familiale. En France, les trous, c'est même dans le travail, dans les relations aux autres humains. Les trous ne cessent de se propager dans ma vie. C'est sans doute à force de toujours cheminer au bord des abîmes.

Je m'étais débarrassée de ces gardes pour préparer notre départ. Mais je ne quittais l'hôpital que le 22 décembre.

Jean-Louis pleure, supplie. Il dit : « Tu es dure ! Pourquoi es-tu aussi dure ? ! » Je ne suis pas dure. C'est le contraire. Je me sens plus vulnérable que jamais, paumée. Je crois que je me suis trompée. Je n'ai rien contre Jean-Louis. Je ne lui demande rien. Je veux juste rester seule. Je préfère rester seule. Peut-être suis-je incapable de vivre avec quelqu'un. Pour la première fois, j'ai essayé de me berner. Mais ça se gâte déjà.

Jean-Louis m'assiège, me harcèle : « Je ne peux pas concevoir ma vie sans toi. »

Je suis encore plus désespérée que lors de ma rupture avec Saïd parce que les repères restent encore à trouver dans cette nouvelle terre. Il y a tellement de choses dans ce pays que je ne comprends pas. L'accommodement de tant d'intelligences avec la froideur, l'indifférence.

Je suis de garde la nuit du 22 au 23 décembre. Jean-Louis vient me cueillir après ma garde. J'ai beau me méfier de ma fragilité au sortir du stress. Rien n'y fait. Je me laisse emporter sur l'autoroute comme un zombie. Je suis une boule d'incompréhension et de désarroi.

Montpellier ce 24 décembre 78 : vais-je rester ou repartir ? Jean-Louis me dit : « C'est Noël ! On va dîner dans un bon restaurant. Demain, mes parents nous attendent pour le déjeuner. » Moi, je suis morte de fatigue. Je n'ai pas dormi depuis quarante-huit heures.

Le Français qui me fait la cuisine

Je me sens désaxée. Je sais bien qu'il est conscient de mon décalage. Mais il est loin de savoir combien je me sens perdue. Combien c'est terrible de me sentir seule près de lui. J'ai envie d'être ailleurs.

J'aime cette lumière des journées d'hiver. Retrouver ce climat me met du baume au cœur pour quelques heures. Nous faisons des achats pour nous installer plus confortablement qu'à Paris. Mais le désespoir me reprend avec la tombée du soir.

Je pars vadrouiller seule dans les rues de Montpellier. Je me sens mieux dehors. J'ai toujours été du dehors. Le désenchantement m'a remise au ban de l'amour. L'exil, c'est ça. Il a commencé là-bas. Depuis toute petite, l'inégalité de l'affection des parents – c'est un euphémisme – entre filles et garçons. L'amplification de cette iniquité par la société entière, sa ratification par un Etat... Ma rébellion contre cet enchaînement d'injustices a fait de moi une femme des écarts, des confins. Cette ville où je ne connais personne n'est qu'une métaphore de toutes ces distances. Paradoxalement, cette superposition d'éloignements produit un effet de loupe. Rien ne m'échappe des travers humains. Surtout pas les miens. J'essaie d'en rire pourtant. Mais parfois mon rire reste coincé.

Je grignote quelque part. Je traîne tard dans les bars. Les vrais solitaires, je les repère d'emblée. A leur regard qui fixe sans rien voir. A leur soif qui vide les verres avec des gestes comme innés. A ce je ne sais quoi d'à la fois déconnecté et avide. Je sais que ceux-là personne ne les attend nulle part. Ils incarnent l'absence. Ma proximité avec eux ne procède pas d'un quelconque effet de miroir. Nous représentons une telle juxtaposition de manques que nos silences sont imprenables. Leur densité se passe de mots et impose le respect mutuel. Ces êtres donnent une âme au lieu. Je finis par m'y sentir à mon aise. Je n'ai pas envie de parler. Je tiens à ce silence. Je tiens par le silence. Trop de doutes piègent mes mots.

Ces êtres-là et moi, nous sommes là pour être ailleurs. Nous sommes des ailleurs. Des ombres de la ville. L'ignoré de la ville. Des trous dans les amours, les ronronnements d'une cité.

Le Français qui me fait la cuisine

« Pourquoi tu fais ça ? Où étais-tu ? Je me suis inquiété. » Je vais me coucher sans répondre à Jean-Louis. Invariablement. Si j'avais une réponse, je n'irais certainement pas tuer le temps seule, la nuit. Jean-Louis finira par ne plus poser de question. Lorsque j'arrive, il fait mine de dormir. Il a préparé un repas. Il m'a laissé une assiette et un couvert sur la table. Je n'y touche pas. Mais je vais me glisser dans le lit contre lui. En tournant le dos. Évidemment. Il referme sur moi ses bras et ses jambes, me serre, m'embrasse sur la nuque, sur l'épaule, soupire de soulagement. Je me raidis. Je ne peux pas faire l'amour. Il n'insiste pas mais persiste à me tenir enlacée. Son étreinte, son corps, son repos, finissent par m'apaiser.

Combien de temps dure mon errance désenchantée à travers Montpellier ? Je ne sais plus. Longtemps. Jusqu'à ce que je me surprenne un soir à redemander avec une urgence enjouée : « Tu m'aimes comment ? Combien ? » « Plus que tout ! »

« Plus que tout » oui, cette fois, pour dix-sept années heureuses. Avec la patience à toute épreuve des grands amoureux, cet homme-là m'a apprivoisée, arrachée au désespoir. Il a été là pour tout. De la caresse au soutien matériel. A force d'attentions, de préventions, il a même fini par me convertir à l'idée que son pays était devenu mien.

L'autre amour

Mus est mon meilleur ami. Il vient me voir à Montpellier. Il sera accompagné d'Anne-Marie, une copine à nous deux. Des jours et des jours que c'est un bonheur rien que d'y penser, d'anticiper ces retrouvailles. Jean-Louis observe la délectation qui préside à mes préparatifs d'un air intrigué.

Mus implore à peine arrivé : « S'il te plaît faisons la cuisine tous les deux. J'ai tellement envie de plats de chez nous : une chorba, des tajines, du poivron grillé... J'en ai marre de manger du sec ! Je n'en peux plus. » Heureux d'être ensemble, nous nous y attelons.

En s'activant autour de la cuisinière, Mus me raconte ses déboires parisiens. Son exaspération contre les policiers français : « Ils m'arrêtent pour me contrôler. Quand ils se rendent compte que je suis médecin, ils me présentent des excuses. Ça me rend encore plus fou de rage. Pourquoi m'avez-vous arrêté ? Et pourquoi présentez-vous des excuses après ? »

A la fin du repas, Mus se met à me parler en arabe au mépris des mines contrariées de Jean-Louis, d'Anne-Marie. Ce n'est pas dans ses habitudes. Mus est un être délicat. J'en suis gênée un instant. Quelques secondes seulement. Car mon ami est à bout. Il a besoin de moi. Il a besoin de me parler seul à seule. Les deux autres le comprennent qui s'éclipsent sur la pointe des pieds.

Nous restons à siroter des verres jusque tard dans la nuit. A discuter du sentiment d'être étranger. Je lui dis : « C'est toute petite, chez mes parents que j'ai commencé à me sentir étrangère. C'était à cause des violences, des injustices, des colères. Etre étrangère, ici, c'est une délivrance. Les choses sont, certes, plus difficiles lorsque tu viens d'un pays du Sud. Mais rien n'est impossible. Tu ne peux pas être tenu en échec, cassé par l'arbitraire, par des ignares... » Mus me répond : « Je suis d'accord pour les violences et les colères. Mais, je ne suis pas étranger dans mon pays. Je me sens impuissant face aux méfaits d'un système vérolé. » « C'est parce que tu as d'autres rapports que moi avec tes parents. C'est parce que tu es un garçon. Tes colères, ta dissidence t'exposent moins qu'une fille... » Nous sommes dans le même brouillard, quand Mus demande : « *Rabek*[1], nous nous sommes gourés dans notre relation ! Pourquoi nous sommes-nous ratés tous les deux ? » J'évacue aussitôt le trouble qu'induit en moi sa question : « Raté ?! Comment peux-tu dire ça ? Et c'est justement parce qu'il n'y avait aucun Dieu pour nous que nous nous sommes reconnus au premier regard. »

Visage baissé, lunettes sur le bout du nez, Mus lève vers moi, par-dessous ses sourcils, de grands yeux interrogateurs où pointe le désarroi. Je connais si bien ce regard. Il me transporte là-bas. Comme là-bas, je tends le dos de ma main droite, effleure ses sourcils humides. Cette odeur-là, celle que j'allais respirer au plus fort, dans le creux de son cou lorsqu'il me serrait, me faisait tournoyer, est

---

1. Ton Dieu, par Dieu.

pour moi celle de l'Algérie heureuse, généreuse.

Là-bas, je suis déjà avec Saïd lorsque je remarque Mus sur les bancs de la faculté. D'où vient ce gaillard ? Je ne l'ai jamais vu auparavant. Il a dû commencer sa médecine ailleurs. Il est plus basané que moi avec une incroyable tignasse. Des boucles d'un châtain tellement oxydé par le soleil et l'eau de mer qu'elles foisonnent en longues spirales rouille et cuivre autour du bronze de son visage. Un Giacometti qu'on aurait affublé d'une toison rasta. Avec ses jeans délavés, ses yeux pleins de malice et d'interrogations, ses binocles rondes au bout du nez, ses dents écartées sur le devant, il a une bouille à l'image de sa dégaine, irrésistible.

Comme moi, il n'est jamais au cours de huit heures. Nous débarquons l'un après l'autre, toujours en retard, à celui de dix heures. Moi parce que je fais le prof de math dans un collège entre huit et dix. Lui, parce qu'il fait la fête tous les soirs. Ce qui n'exclut pas la fête de mes nuits.

Le premier en cours se met à guetter l'arrivée de l'autre. Jeux de questions-réponses par mimes. Et de pouffer de rire sous cape. Il s'appelle Mustapha. Il revient de Paris. C'est là-bas qu'il a commencé sa médecine – fin des années soixante. C'est là-bas qu'il en a eu plein le dos de se faire contrôler aux bouches de métro. Seulement à cause de sa tête, de son teint. Mais l'étranger reste une démangeaison constante. C'est un écorché vif lui aussi.

Mus – je l'appelle d'emblée comme ça – est originaire d'El-Asnam, la ville des tremblements de terre. Orléansville pour les Français d'Algérie. Nous, nous avons toujours dit El-Asnam, « Les symboles ». El-Asnam maintenant rebaptisée Chlef du nom de son oued. Sans doute pour conjurer le sort qui régulièrement au cours de son histoire la réduit en ruines. Mus a vécu enfant le tremblement de 1954. Celui qui reste gravé dans toutes les mémoires. Il serre le poing et frappe son crâne : toc, toc, toc. « Il est là le tremblement de terre. *Like a rolling stone,* c'est moi. »

Mus fait la fête pour se réapproprier l'Algérie. Il se fait la fête pour oublier qu'ici comme là-bas il est sans le sou. Que ça ne peut pas durer. Pour noyer les colères contre ce pays qui se saigne de sa jeunesse. Bien avant les attentats terroristes, près de soixante-quinze pour cent des étudiants qui partent à l'étranger avec une bourse de l'Etat ne reviennent pas en Algérie. A cause de cette chape de plomb des années soixante-dix : aucun droit à la libre expression, à la contestation. Les persécutions. La généralisation à toutes les instances du pouvoir de la *hogra,* terrible mot alliant injustice et humiliation. Quand le mépris, la brimade, la confiscation de la liberté s'érigent en lois.

Est-ce pour oublier tout ça ? Pour se forger des raisons de rester dans ce pays ? Pour y trouver une consolation, une joie ? Mus s'évertue à me surprendre, se surpasse en se pointant à l'heure au cours. A mon apparition, il me fait signe de le rejoindre. Il a pris les cours au carbone pour moi. Je fonds à cette marque d'affection. Et des attentions, Mus va m'en prodiguer tellement qu'une pensée lumineuse se grave dans ma tête : C'est ma plus belle histoire d'amour en Algérie.

Elle l'est sans conteste.

Mais je ne sais pas encore la nommer, cette histoire. Son évidence me bouleverse, m'aveugle. Je suis incapable de choisir entre Mus et Saïd. De trahir. Trahir qui ? Mus est aussi libre que Saïd est entravé par sa famille. Aussi brun que l'autre est blond. Mus me ressemble tant. Alors je décrète qu'il est l'autre amour jamais connu, l'amitié. Mais une prodigieuse amitié. Forcément. Je ne me demande pas si c'est vraiment de l'amitié, cette intensité. Est-ce que l'amitié c'est l'amour privé de sexe ? C'est l'amour tenu à disponibilité ? Tisonné par l'espoir : peut-être un jour ? Celui-là, certainement mais de façon inconsciente. Maintenant, je le pense.

Mais à ce moment-là, je m'applique à l'introniser. Le couronne, le sublime : j'ignore que je suis en train de me défausser. Je viens seulement de conquérir l'amour. J'apprends à le vivre. A m'y laisser aller. J'ai besoin d'en assouvir toutes les parts manquantes. De les maintenir saturées pour pouvoir aller sans peur vers l'inconnu.

J'ai dû sans doute m'embrouiller les amours.

Le fait que pour les filles de ma génération, vivre et imposer l'amitié avec un homme représente un interdit à franchir, un imaginaire à inventer, contribue certainement à m'aveugler.

Pour interdit qu'il soit, l'amour n'en sévit pas moins dans le fantasme. Il hante les rêves. Il alimente la chanson, fomente les transgressions, les rébellions. Mais l'amitié entre femmes et hommes ne se conçoit même pas. Comme l'homosexualité. L'une et l'autre n'ont aucune place. Pas même dans les fables. Taxée de sentiment viril depuis la nuit des temps, l'amitié entre hommes est en revanche revendiquée, vantée. Elle a ses codes d'honneur.

L'honneur, ce mot décliné à toutes les censures, les brimades. A en mutiler les corps et les sentiments.

C'est avec Mus que j'apprends à rire. A rire aux larmes quand il fait le pitre. Quand il s'adonne à son humour décapant sur notre société. Je ris avec lui et la légèreté de nos rires m'évade du pataquès algérien. Je me dis : Il est beau et drôle mon ami. Ils sont beaux et tendres ces deux mots, mon ami. Ils font du bien là où il n'y avait rien. Je répète, je me récite « mon ami ». J'aborde cette émotion comme l'enfant s'empare du langage. En interroge les sonorités, se repaît de sa prononciation. Sans en connaître encore toute la portée. C'est une part inconnue qui vient grandir ma vie. Celle qui va veiller à ce que les batailles n'assèchent pas la vie.

Quand nos premiers stages d'externes nous séparent, que nous ne nous voyons pas quelques heures, une journée, Mus met l'hôpital en alerte. Les copains croisés m'avertissent : « Mus te cherche. Ça a l'air urgent. » Comme j'ai toujours peur pour cette tête brûlée – au sens propre et au figuré – toute affaire cessante je pars à sa recherche. Lorsque nous nous apercevons enfin, il m'ouvre ses grands bras. Je pique un sprint, saute à son cou : « Qu'est-ce que tu as ? Qu'est-ce qui se passe ? » Il m'enlève du sol, me fait tournoyer : « Tu me manquais. J'avais besoin de te voir. C'est tout ! » C'est tout ?! Elle est tout pour moi cette phrase-là. Elle atténue les carences, les soifs, les brutalités, les blessures. Que ni flirt ni sexe n'en soit l'enjeu lui confère une dimension sacrée à mes yeux d'athée.

Quand le manque entreprend d'exalter le lyrisme, on se laisse emporter. Parfois jusqu'à oublier de regarder au plus près. Au plus vrai des sentiments.

Régulièrement de belles étrangères, d'Europe du Nord la plupart du temps, débarquent à Oran avec l'espoir de rester avec lui. Ou de le ramener vers leurs horizons. Il me les présente. Je les trouve jolies, intelligentes. Je le lui dis. Il m'oppose toujours le même verdict : « Oui. Mais je n'ai aucune envie que mes enfants soient encore plus écartelés que moi. Alors je ne peux pas raconter de sornettes. » C'est notre seul sujet de discorde.

Deux ans plus tard, lorsque nous nous quittons Saïd et moi, Mus comprend mes hantises, me soutient. Un soir lors d'une fête en bord de mer, nous dansons ensemble quand soudain je prends conscience que la caresse de sa main sur mon dos n'est plus celle de l'ami. Je m'arrache à son étreinte, le regarde avec étonnement. A mes questions muettes, il rétorque avec un petit agacement : « Parce que ! » Je ne dis rien. J'ai besoin de lui comme ça, hors des défaites et des limites de l'amour. Lui, je ne veux pas le perdre. J'ai cristallisé en lui tant de connivences, de tendresses. Il n'en parle pas non plus. Il me connaît bien, mon ami.

La vie à Paris ne change pas Mus. Il a plusieurs copines dont Anne-Marie. Il me regarde vivre pour la première fois avec un homme. Lui, il continue à passer de bras en bras l'insatisfaction jointe au refus. Il reste une pierre qui roule, mon ami.

Mus rentre en Algérie décidé à s'installer dans sa ville natale. «Rentrer» a tellement changé de sens pour lui que je ne m'en suis pas méfiée. Mais cette fois l'Algérie me l'a bel et bien ravi. Je préfère penser que ce n'est pas parce qu'il a fini par se faire une raison. Qu'il y a enfin croisé un grand amour. Une grâce qui lui aurait ménagé un nid au milieu des cauchemars.

Je n'ai plus revu mon ami. Car moi, je refuse d'aller au pays durant ces années quatre-vingt. Je n'ai aucune envie de retrouver tout ce que j'ai fui. J'ai besoin d'atterrir ici. La transplantation n'est pas facile.

De loin en loin, j'ai de ses nouvelles par des copains. Il est marié. Il a des enfants. Je m'inquiète de lui lors de la récidive du tremblement de terre dans sa région. Il m'envoie un jour un de ses patients en lui disant : « Va la voir de ma part. Elle s'occupera de toi. Et embrasse-la fort pour moi. »

Combien de fois ai-je pensé à lui au milieu des années quatre-vingt-dix ? Ces temps difficiles de la séparation avec Jean-Louis, de menaces de toutes sortes. Comme j'aurais aimé revoir sa longue silhouette brune, poser ma tête et mon chagrin sur son épaule. Respirer son odeur.

Un jour c'est moi qui irai le retrouver dans la ville des tremblements de terre. C'est moi qui dirai : « Parce que ! Tu me manquais. J'avais besoin de te voir. Ce n'est pas tout : C'est toi qui avais raison, Mus. Entre nous, c'était de l'amour. Évidemment, mon homme d'exception. »

L'homme de mes images

Un jour, je m'entends héler dans les couloirs de l'hôpital. Je me retourne, sursaute en reconnaissant la personne qui observe ma réaction : « Bellal ! » « Oui, c'est toi que je viens voir. J'ai besoin de toi. » Le photographe de mon enfance et de mon adolescence, l'homme de mes plus fortes, plus violentes images, a une insuffisance rénale terminale. Il en a ce teint gris caractéristique. Il est très diminué. C'est mon tour de le sauver de la mort.

Durant mon enfance, Bellal ne vient chez nous que pour les indispensables photos d'identité que nous impose la France coloniale : « Ils te mettent la figure sur le papier et ils te frappent l'encre dessus. Tu es fini, que même tes ancêtres, ils te reconnaissent plus. Tu es barbouillé français. » Les photos de famille, de cérémonie, ne sont pas encore d'actualité en ce milieu des années cinquante. C'est donc pour que des tampons nous « barbouillent français » que Bellal, l'homme au trépied, va de maison en maison. De saison en saison.

Il installe son trépied dans la cour, ajuste le réglage de l'appareil, se cache la tête sous son petit rideau noir et avertit : « Çaaa y e-! » Le mâle de la maison qui veille sur la mise en scène – mari, frère, fils, oncle ou père... parfois tous en chœur, parfois tous en un – s'écrie : « Alli, alli ! » C'est parti pour le défilé féminin devant l'homme à l'œil de verre et au visage masqué.

Les femmes se noircissent le regard au khôl, tombent coiffe et foulard et, au signal, franchissent le seuil en direction de l'installation, fixent l'objectif avec gravité. Gare aux œillades aguicheuses ! Elles ont été briefées.

Lorsque sur le chemin de l'école je croise Bellal muni de son attirail, je revois immanquablement sa tête sous le rideau noir. Et je me dis : Les femmes se voilent quand elles quittent leur maison. Lui, il se voile en débarquant chez elles. Pour le privilège de les voir tête nue. De fixer à jamais leurs traits sur du papier.

L'une des photos réalisées par ses soins, celle de grand-mère, va m'aider à survivre à l'un des plus gros chagrins de l'enfance.

Connaissant mon penchant pour les rêveries au sommet de la dune qui surplombe notre maison, un jour une tante suggère d'y improviser un goûter pour les enfants de nos deux familles. J'assiste aux préparatifs en boudant la joie des autres filles et garçons à la vue du grand plat de beignets en préparation et de l'énorme cornet de cacahouètes mis dans un couffin avec le nécessaire pour le thé. Qu'est-ce que c'est que cette embrouille? Que signifie ce zèle, cette dépense, cette unanimité, soudain à vouloir célébrer le lieu de mes fugues tant décriées? Est-ce seulement pour me le saccager? Me le dévaster par l'intrusion d'une marmaille encore plus nombreuse? Moi, je grimpe en haut de la dune pour me réfugier dans la solitude de son sommet. Afin de fuir la fièvre permanente de la maison. Là-haut, je n'échappe pas seulement à l'étouffement familial. Les paysages déployés par mon imagination éclipsent le vide hypnotique des horizons. Je peins dans ma tête. Avec des couleurs, des pensées extravagantes. Les mains plantées dans le sable, je me fais mon cinéma. Je m'invente des mondes fantasques et luxuriants. Des fictions dont je suis l'héroïne. Le contexte, les affections, les décors changent à volonté. Les thèmes essentiels restent constants : la poursuite des études. La conquête de la liberté. Mon triomphe aussi est invariable : mes parents renoncent à vouloir raboter mes rébellions. La reconnaissance arrachée de diverses façons. En tant que cosmonaute notamment. Je suis encore loin de m'envisager peintre ou chanteuse, médecin ou écrivaine. Le rêve le plus inaccessible, l'amour, toutes les amours n'en demeurent pas moins les mirages favoris...

Au moment de prendre le chemin de la dune, je découvre que seule la tante à l'origine de l'expédition nous accompagne. Les autres adultes s'en sont exclus. Ce qui n'est pas pour atténuer ma suspicion. Je rechigne

L'homme de mes images

à me joindre au groupe. Les grands ne l'entendent pas de cette oreille qui m'y poussent au prétexte d'un grand nettoyage de maison : « A moins que tu ne daignes participer au ménage ! » Rien de tel pour me faire détaler.

A mon retour, je cherche grand-mère, ne la trouve pas. Tout ça n'a donc été qu'un traquenard destiné à m'éloigner pour lui permettre de quitter les lieux. De m'abandonner seule à ce malheur : son départ pour le Maroc. Sa fille vit dans ce pays. Sa première grossesse se passe mal. Elle doit rester allongée pour ne pas perdre son enfant. Grand-mère est partie l'assister en m'abandonnant.

Je m'en veux à mort. Je me traite de tous les noms. Comment ai-je pu céder à la crédulité quand tout puait la conspiration ? Que grand-mère ait été du complot me ravage l'entendement et les repères. Dès lors, une terrible oppression ne me lâche plus. La douleur me rend autiste des mois durant. Même le sommet de la dune ne m'est plus un sanctuaire puisque grand-mère ne m'attend pas en bas. Puisqu'elle a participé au piège. Je regarde l'horizon, incapable de me raconter une autre vie. Je scrute son vide avec la certitude qu'on a entrepris de m'anéantir. Le rempart de l'affection de grand-mère a cédé m'exposant aux terreurs qu'il endiguait. Je me sens disloquée. Je vais en crever. C'est sûr.

J'ai sept ou huit ans et c'est le début des vacances scolaires. L'arrêt des cours est à lui seul une telle angoisse. J'en fais l'âpre apprentissage. Heureusement que je commence à lire. Déchiffrer les pages des livres, m'imprégner de leurs énigmes m'occupe, me distrait du double désastre.

Serrée par cette détresse d'enfant, un jour je me souviens des photos d'identité enfermées dans la petite valise en carton rouge. Subrepticement j'y dérobe celle de grand-mère et m'enfuis vers la dune. Après moult reproches et fureurs, dans l'épuisement qui m'abat sur le sable, je reste accrochée à son portrait. Les yeux rivés sur lui, je le détaille éperdument. Ces tatouages que j'aime tant, emblèmes des hauts plateaux, sa région natale. Le chèche qui s'incline sur un œil. La fibule d'argent qui tient le *magroune* autour du cou. Et puis ce regard. Ce regard qu'elle a quand elle parle des nomades. De sa vie d'antan. Ce regard ardent quand elle se laisse aller à sa mémoire.

Et tout à coup, dans cet état de prostration la voix de grand-mère me parvient. Je crois d'abord que je me suis endormie. Que je suis en train de rêver. Mais non, j'ai les yeux grands ouverts. Grand-mère me parle, fait son mea-culpa. Sa voix n'est pas à l'extérieur. Elle perce dans ma tête. Elle s'écoule dans mes pensées. Elle détend les contractions de mon corps, me console. Elle promet de ne jamais repartir sans moi. Plus jamais trahir. Elle implore de me retrouver vivante...

J'instaure tout un rituel destiné à apprivoiser ces instants vulnérables. Après avoir escaladé l'immense galbe de la dune, je me laisse tomber au faîte. J'y reste longtemps recueillie à fixer la photo. A me concentrer pour appeler, capter le murmure. Il finit par revenir, s'établir. Je me blottis au creux de la dune. Je me recroqueville sur ce chuchotement que je persiste à chérir en dépit des griefs. Alors seulement je peux considérer les horizons déserts sans trop d'effroi. Le reste du temps, je m'immerge dans un livre pour m'abstraire de mon environnement. Vivre les lointains.

A son retour, cinq ou six mois plus tard, grand-mère est bouleversée par ma maigreur encore plus marquée, mon air fiévreux : « Mon Dieu ! Il ne reste de toi que les yeux. Les yeux te mangent le visage. » Je ne réponds pas que c'est à force de suppliques adressées à son effigie. A force de m'y absorber afin d'arracher quelques mots à l'absence. De toute cette tension des enfants qui portent déjà en eux des périls. Par-delà l'enseveli et les gouffres de silence. Mais je le pense. Ulcérée grand-mère prononce les paroles, la promesse qu'elle m'adressait déjà lors de mes implorations solitaires au sommet de la dune : « Plus jamais je ne te laisserai derrière moi. » Et elle le jure. Son regard a retrouvé cette flamme qui souvent s'y consume. Elle confirme. Je la crois. J'ai trop besoin de croire en elle.

Je peux enfin ranger sa photo dans la valise rouge. Je n'en ai plus besoin. Je n'ai plus peur de me perdre, de mourir puisque grand-mère est de nouveau là.

Grand-mère tient sa promesse. Deux ans plus tard, elle m'emmène avec elle au Maroc où sa fille s'apprête à accoucher de son second enfant. Nous y restons plusieurs mois. Je vais à l'école là, dans un bled haut perché sur les montagnes. Une fabuleuse découverte. Mais au Maroc l'enseignement se fait en arabe. Pas à Kénadsa, mon village natal. Faussement française par des papiers qui ne donnent aucun droit, j'ai bien assimilé la langue des autres et adopté mon école. Je m'ennuie d'elle... A mon retour : j'ai perdu une année scolaire ! C'est le premier tribut payé à mes terreurs et mes entêtements.

Est-ce que ce sont les affres de cette première dépendance affective qui vont inaugurer ma défiance envers tout attachement? Pas seulement. Depuis trois ou quatre ans déjà je suis seule sans grand-mère. Vulnérable sans sa défense. Orpheline dans une nombreuse famille.

Cette expérience aiguise ma vigilance. L'état d'alarme ne me quittera plus. Elle renforce mon repli sur les livres.

Bellal, l'homme de mes images d'enfant, jouera un rôle encore plus décisif dans ma vie une décennie plus tard.

C'est en 1965. J'ai quinze ans. Bellal s'est installé à Béchar, la ville d'à côté, où il tient boutique, où je vais au lycée. Un soir de 1er novembre, il décide de rester ouvert jusqu'au feu d'artifice prévu sur la grande place pour la commémoration du déclenchement de la guerre de l'indépendance. Il veut faire des photos des illuminations et de la liesse populaire.

Hélas pour lui et pour moi, il ne fera aucune photo ce soir-là. Ce soir-là, il baisse son rideau de fer dans mon dos. Face aux gueules tordues par la violence de centaines d'hommes qui m'auraient lynchée sans son intervention in extremis, seulement parce que je n'étais pas voilée. Et parce que j'avais osé envoyer un coup de pied dans les couilles d'un jeune homme qui m'avait pincé la fesse.

Bellal s'effondre, terrifié par ce spectacle. Le corps meurtri par les jets de pierres, les coups reçus lors de ma course effrénée vers sa boutique, le cœur battant à rompre ma cage thoracique, je regarde avec épouvante le rideau de fer se gondoler sous les coups de boutoir extérieurs. Puis les hurlements se taisent lorsque des fourgons de police viennent nous tirer du cauchemar.

Nous n'évoquerons jamais ce triste épisode, Bellal et moi. Du reste, je n'en parle avec personne. J'ai enterré au fond de moi ces images. Comme j'avais totalement enfoui un autre drame dans l'enfance.

Mais cette terrible nuit nous a soudés. Le besoin de voir Bellal monte en moi comme un cri. Il me fait braver la traversée de la ville si difficile en raison des hostilités plus nombreuses, plus promptes à se manifester à mon égard depuis cet événement.

J'arrive à bout de souffle dans sa boutique. Au milieu de ses multiples portraits, de sa tribu de papier, Bellal est toujours en train de porter une dernière touche, un peu plus de lumière dans cette humanité noire de contradictions. Moi, mes yeux rejettent ces visages qui peuplent ses murs, jonchent son comptoir. Ces photos sont autant d'injures muettes. Elles survoltent la pièce, menacent de l'exploser, exacerbent mon hurlement intérieur. Seul Bellal compte. C'est lui que je cherche. C'est de lui que j'ai besoin. Son front haut, ses pommettes saillantes, son teint couleur de dattes d'octobre, la douceur sombre du regard. Au fond de moi, la stridence cesse enfin. Je goûte cet instant de paix suspendu. J'en vacille. Chaque fois que cette alarme intérieure devient insoutenable, quand la mort se met à rôder là juste au bout de mes rages, je cours vers lui. Bellal est un homme. Il est l'homme. Tous les autres, les gueules hurlantes, insultantes ne sont que des accidents de l'Histoire :

« Les forces implacables de l'Histoire qui avaient attenté à sa liberté l'avaient rendue libre », dit Milan Kundera dans *L'Ignorance*. J'ai toujours pensé ça. Bellal est l'un des hommes de mon histoire. De ma liberté.

Trois décennies plus tard, à Montpellier, je mobilise le service de néphrologie pour venir en aide à Bellal. Le sauver. Je l'éduque à la dialyse par le péritoine. Avec d'autres collègues nous nous démenons pour qu'il puisse rejoindre son désert avec le nécessaire à son épuration durant deux mois. La greffe représente la seule issue pour lui. Il reviendra avec sa sœur qui propose de lui donner un rein. Avant de s'en aller, il me dit en riant : « Tu vois, c'est uniquement pour me soigner que tu es venue faire cette spécialité ici ! »

Un jour, l'un de mes confrères me dira : « Il a une telle admiration pour toi ! » La mienne pour lui est doublée d'une incommensurable reconnaissance.

A son retour, j'accompagne son chariot jusqu'au bloc, il me fixe avec anxiété et interroge : « Est-ce que la Barga te manque ? » La Barga est la dune de mon enfance et de mon adolescence. Il a posé cette question du ton des demandes essentielles. Celles qui s'imposent dans les moments critiques. « Oui, terriblement. C'était le tremplin de mes rêves. » C'est la première fois que je reconnais ce manque. Jusqu'alors je me le dissimulais à moi-même. Je n'écris pas encore. Bellal sourit avant d'ajouter : « Toute la vie n'est qu'une question d'objectif. Tu en fais ce que tu veux. Zoom arrière, avant, grand angle... L'indispensable, c'est de continuer à regarder vers elle. Les grands rêves sont nomades.

Je pense aux images que je me faisais au sommet de la dune. J'ai pu en réaliser quelques-unes. Je pense aux visages qui sortaient du secret de sa boîte noire. Il était l'artiste du portrait, du regard dérobé, de la ponctuation des tatouages dans le langage des tribus. Bellal se cherchait de visage en visage pour ne pas se perdre. Le regard accroché au vide de l'horizon, j'aspirais à toutes les fuites, à toutes les pertes pour enfin me trouver.

Bellal est reparti pour Béchar. J'ai quitté l'hôpital pour le privé. Deux ou trois ans plus tard, mes collègues m'appellent un jour pour m'apprendre sa mort là-bas. Dans notre désert, à trois mille kilomètres. Une complication de sa greffe. C'est sûr. Et cette fois j'étais trop loin pour le secourir.

Pourrais-je contempler maintenant ces visages dont il masquait la misère, retouchait les stigmates les plus visibles de la bêtise ou de la cruauté, mettait en relief la beauté ? Depuis le début des années cinquante, il doit y en avoir des milliers. Tout un pan de l'histoire de notre région. C'est peut-être ce que je pourrais encore sauver de lui. Regarder avec sérénité, intérêt, les visages de la période la plus douloureuse de ma vie. Maintenant que je connais la joie, l'amour et la liberté, le silence ne m'est plus une infirmité. Il est même l'élégance, le refuge absolu quand l'existence tend à se réduire au chaos du cri.

Je m'inquiéterai de l'œuvre de Bellal à mon prochain retour au désert. C'est elle qui l'inscrit en grand témoin de cette époque. Mais je n'oublierai jamais que, dans un moment critique, Bellal a oublié son art pour me sauver.

Sans au revoir

J'ai quitté l'Algérie depuis treize ans. Je n'y suis pas retournée. Je m'apprête à aller à Alger. Je vais y recevoir un prix littéraire. Jean-Louis m'accompagne. Revenir au pays m'est impossible sans un saut à Oran. Juste le temps d'embrasser mes amis. De revoir la ville de mes amours empêchées.

Ma plus fidèle amie, Fatma, est à l'aéroport. La lumière de cet après-midi de novembre est incisive. A l'image de mon émotion. Ces lieux sont chargés de souvenirs contrastés.

Soudain, je vois Nourrine traverser la rue à grandes enjambées dans notre direction. J'avais connu Nourrine quelques mois après ma séparation avec Saïd. Il était étudiant en économie à Grenoble. Je l'étais encore à

Oran. C'est lui que j'avais fui en allant à Paris. Nourrine avait vainement essayé de me joindre au téléphone à l'hôpital. J'avais averti tout le monde : « Je ne suis pas là. » En désespoir de cause, il m'avait envoyé un télégramme : « arrive le 16 juin ». J'avais quitté Oran pour Paris le 15. C'était en 1977.

J'ai quitté un homme sans au revoir. Une terre sans regret. Je n'ai pas laissé de mot. Pas d'adresse ni de téléphone où me joindre. J'ignorais encore que je partais pour des décennies. J'avais juste besoin de me sauver. Dans toutes les acceptions du verbe.

Je sursaute, me tourne vers Fatma : « Tu l'as prévenu ? » « Pas du tout ! » C'est quand même fou ça ! Quitter un homme, sa ville, pour les retrouver treize ans plus tard ensemble au moment même où je pose les pieds ici ! La coïncidence me trouble.

Du coup, je ne sais plus si je suis venue dire bonjour ou assumer l'au revoir qui n'a pas eu lieu treize ans plus tôt.

Nourrine s'arrête, se raidit le regard furibard : « Pourquoi personne ne me l'a dit ?! » « J'arrive à l'instant. Mes bagages sont encore dans le coffre. » « C'est une décision de dernière minute», ajoute Fatma. Il me toise de haut : « Impossible d'ignorer que tu avais enfin daigné revenir. Ta tête se pavane dans les journaux maintenant. Mais telle que je te connais, je me disais que tu resterais à Alger. Que tu ne viendrais pas nous voir. Ça te ressemble, non ? » Je lui présente Jean-Louis. Je sais qu'il est marié lui aussi. A une Kabyle choisie par ses parents. Il est père de deux enfants.

Nourrine nous rejoint chez Fatma et Wadi. C'est par eux, chez eux que nous nous étions connus en 1976. Le foyer des Mellah a toujours été le lieu de ralliement des copains et copines à qui il répugnait d'aller passer l'été dans l'étouffoir familial. Nous nous retrouvions là pour échapper à la traque de la flicaille des mœurs. Pour faire quand même nos quatre cents coups. Ou simplement boire, discuter, nous galvaniser. Avec ce sentiment de voler des instants d'une liberté sans cesse confisquée.

Nourrine était à la fois espiègle, doux, turbulent, grande gueule. En arabe, son prénom décline deux fois la lumière. Et la lumière le lui rend bien. Elle rayonne dans ses grands yeux verts. Dans l'or de ses cheveux. Elle gorge son rire. Dire de son amoureux qu'il est beau est une banalité qui souvent confine à la mièvrerie. Mais l'affirmer d'un ex... Il est très beau. C'est un athlète démesuré. Il est kabyle. C'est un fils de riches. Encore un! C'est bien ma veine.

Mais à notre rencontre ce mois de juin 1976, je suis encore broyée par ma séparation avec Saïd quelques mois auparavant. Aimer, je ne m'en sens pas capable. Je n'en peux plus des travers, des violences, des injustices de ce pays. Mon exaspération est si forte qu'elle ne laisse place à rien d'autre. Par-dessus tout je ne supporte plus les fils de nantis que les parents tiennent par la bourse. C'est hélas à peine moins catastrophique quand il n'y a pas de fortune. Le spectre de la malédiction, du reniement, du déshonneur suffit à leur faire courber l'échine. Je me jure que le prochain amour sera étranger. Je projette de partir loin de l'Algérie. Au Canada. Tout est déjà décidé. Je jure de jeter mon venin le plus noir au visage du prochain blond qui me fera la cour. Je me promets d'aimer un brun. Je suis une fille de la nuit. De l'insomnie. Les fils de la lumière n'ont qu'à passer leur chemin.

Je n'avais rien lancé à la gueule de Nourrine. Il était trop tendre. Il se marrait aux larmes de mes colères. J'avais fini par en rire avec lui. Et ça me faisait tant de bien. Il était attentif, patient. Nous étions devenus copains au point de ne plus nous quitter de tout l'été. Très vite, nous avions pris l'habitude de fausser compagnie au reste de nos amis pour aller rouler en voiture dans la nature. Notre connivence chaste me convenait.

Deux mois plus tard, veille de rentrée universitaire, du départ de Nourrine pour Grenoble, nous avions enfin fait l'amour. Lentement. Avec une sensualité qui remontait le temps. Le déployait passionnément. Dès le lendemain, il me manquait. C'était épouvantable ce besoin de lui. Et d'envisager le cauchemar de jours et de jours sans le voir, je prenais conscience de la folie de ce nouvel amour. J'avais beau me ressasser : « Pourquoi fonces-tu comme ça, tête baissée dans les mêmes impasses ?! Ça va être le même scénario que le précédent. Tu le sais. Tu aimes un homme et tu te retrouves avec une tribu sur le dos. Une tribu qui ne voudra pas de toi. Parce que tu n'es pas des leurs. Tu ne satisfais à aucune de leurs normes. Lui, finalement, il ne compte pas non plus. Ou si peu. Il représente juste ce que tu ne peux pas leur prendre... »

Trois jours plus tard, il était près de minuit lorsqu'on frappa à ma porte. C'était Nourrine. Son université était en grève. Il avait repris l'avion aussitôt. Il n'avait pas prévenu ses parents. Il avait téléphoné à notre ami Wadi qui était allé le cueillir à l'aéroport. Une manigance pour que nous puissions être ensemble sans provoquer de crise dans sa famille. Qu'importe. Il était là pour une semaine. Retrouver ses bras n'avait pas de prix. L'Algérie m'en redevenait vivable.

Il revenait souvent. Au moins une fois par mois. Entre ces repères de ma vie, je travaillais. Je bûchais. Je bataillais. Et quand il était là, je me laissais gagner par son rire, sa joie. Par ce désir irrépressible d'être contre lui. De respirer dans un même souffle l'embrasement de nos corps.

Au fil de sa présence à mes côtés à Oran, je prenais néanmoins la mesure de l'emprise de sa famille sur lui. Parfois dans un accès de révolte, je me blâmais : Lui, il vaut la peine que tu te battes. Il essaie à sa façon. C'est certainement plus difficile pour lui. Toi, tu as déjà parcouru tant de chemin. Non. Je voulais bien lutter sur tous les autres fronts – je n'avais pas d'autre choix – mais en amour, il me fallait un homme libre. Je n'avais pas quitté Saïd pour rien. Je ne voulais pas gagner un homme comme on gagne une guerre. Ce bel adage algérien : « Une seule main ne peut applaudir ! » Il faut être deux contre les archaïsmes familiaux, sociaux pour célébrer un amour.

L'amour n'est pas un dû. C'est un don. Les dons sont exceptionnels. Un état de grâce. Une lévitation. Je ne dois pas me laisser embourber si je veux garder l'espoir d'y accéder.

Parfois.

Avril 1977, j'essayais de faire comprendre à Nourrine que nous avions eu une histoire magnifique. Que nous nous étions fait un bien incroyable. Que ça devait se terminer comme toutes les belles histoires. Que si nous étions conscients de ça, c'était déjà une victoire. A son regard désemparé, je voyais bien qu'il n'y croyait pas. Il repartit pour Grenoble. Il bouda quelques jours avant de se manifester à nouveau. Il était en train de finir ses études. Il allait retourner à Oran pour de bon.

J'ai quitté Oran vingt-quatre heures avant son arrivée.

J'ai l'impression d'être revenue treize ans plus tôt en cette soirée de novembre 1990. Beaucoup de copains, de copines sont là, tous en couple. Des couples formés du temps de nos études. Mais des amours entre Kabyle et non-Kabyle, il n'y en a guère qu'un qui ait tenu face aux ségrégations sociales. Dans ce cas unique les parents kabyles n'étaient pas des bourgeois. Moi, j'avais cumulé les handicaps. Une vieille habitude.

Nourrine est le seul à être venu sans sa femme. Il ne laisse personne s'exprimer, me parler : « Est-ce que tu sais que j'écris moi aussi ? » « Je sais, j'ai lu tes nouvelles à Alger. J'ai aimé. » En vérité, j'ai été profondément émue d'apprendre qu'il écrit. C'est un indice supplémentaire de nos affinités. Un signe si fort que j'en ai ressenti comme une morsure de regret.

Assis en face de moi, Nourrine me bombarde de questions entre lesquelles il intercale des : « Tu te souviens ? », « Pourquoi tu ne reviens pas vivre dans ton pays ? Maintenant tu y as un nom ! », « Tu te souviens quand les flics nous avaient demandé notre livret de famille ? Il ne s'était encore rien passé entre nous ! Je veux dire... ». Il avale du whisky par demi-verres. D'un trait. Wadi tente de le freiner. En vain. Il continue, me fixe, me parle. Il me parle avec ce sens aigu de l'urgence que je reconnais. Je devine qu'il est malheureux. Je ne peux m'empêcher de me demander si nous aurions fini par avoir raison de ses parents, si... Quel aurait été cet amour dans un autre contexte social ? Saïd, lui, était doux, complètement désarmé face aux violences. Nourrine est d'un tempérament plus aguerri. J'ai beau aimer Jean-Louis avec qui je partage ma vie, je suis ébranlée par mes retrouvailles avec Nourrine. Par le tourment de son propos. Par ce premier retour au pays après treize ans d'absence...

Nourrine a changé. Il est devenu impatient, coléreux. Le mal-être, l'alcool pour s'anesthésier peut-être...

Les autres amis finissent par le quereller, me prennent à témoin de la stupidité de Saïd Saâdi, le Berbère démocrate en qui nous avions tous cru un moment. D'importantes élections se préparent. Celles que le FIS va hélas gagner : « Comment veux-tu que Saâdi acquière une stature nationale quand toute sa stratégie reste pitoyablement régionaliste ? De tous les Oranais tournés vers lui comme un messie, il a choisi ce Kabyle-là pour le représenter. Il nous a perdus du même coup. Il a raté l'occasion de s'imposer en figure unificatrice ! » « Ce Kabyle-là » s'esclaffe, la moue provocatrice. Je réponds : « Finalement, les manœuvres politiques sont d'exactes transpositions des mariages et autres alliances au sein des familles. Chacun sa tribu, son clan. Allah et la dictature pour tous ! » Nour-

Sans au revoir

rine se met à hurler : « Ça suffit, je ne suis pas en campagne ce soir ! Ce soir, je m'adresse à Malika. A elle seule. Fichez-moi la paix ! » Il reprend ses « Tu te souviens ? ».

Toute la soirée se passe ainsi. En dehors de l'incartade politique, je n'ai pas pu échanger grand-chose avec les autres amis venus pour me voir. Je les sens aussi bouleversés que moi par la scène.

Comme j'aurais aimé m'entretenir en privé avec Nourrine. J'aurais voulu en apprendre un peu plus sur ce qui le tourmente à ce point. Mais je repars demain matin. Tard dans la nuit, lorsque nous nous séparons enfin, je lui demande : « Tu vas parfois en France ? » « Non, je ne veux plus aller en France. C'est toi qui dois revenir. Il faut que tu reviennes dans ton pays. Tu sais où me trouver si tu veux me revoir. » Je l'embrasse, le cœur serré.

C'est bien la rupture non assumée il y a treize ans que je viens de subir ce soir.

Quand l'Algérie se faisait hara-kiri, dans cette décennie quatre-vingt-dix que nous avons désignée de tous les qualificatifs du malheur, Nourrine a connu l'épreuve de la prison. « Un coup monté pour le casser, un sale complot ! », « Il paie pour d'autres ! », « Chez nous, les lois des politiques maffieuses gouvernent la justice »... s'insurgeaient nos copains. J'en étais mortifiée. Je ne pouvais pas imaginer un instant que Nourrine ait pu commettre un délit, tremper dans une histoire frauduleuse ou sordide. Je prenais constamment de ses nouvelles auprès de nos amis. Combien de fois ai-je été sur le point de lui écrire ? Je m'en suis abstenue. Si l'envie de lui manifester mon soutien, mon affection, était forte je me sentais paralysée par la peur de contribuer à compliquer sa vie un peu plus. Peut-être m'étais-je trompée sur ce point. Je ne sais pas. J'avais besoin de me protéger aussi.

Je venais de me séparer de Jean-Louis. Et si ce traumatisme m'avait rendue encore une fois réfractaire à l'amour, je n'étais pas sûre de pouvoir résister à cet autre amour abandonné là-bas. Car celui-là n'avait été terni par rien. Même si, lucide, je sais que c'est uniquement par ma fuite que son souvenir a été préservé. Il n'en reste pas moins qu'il garde l'attrait de l'inachevé.

Ma retenue a été également renforcée par mon incapacité au retour en arrière. Sauf quand l'écriture l'exige.

Pour me préserver, je me répétais : C'est parce que la terre natale a pris cette image, cette odeur de cadavres et de sang que ses amours me remontent à la tête. Pour m'empêcher de désespérer. De sombrer totalement. Pour conjurer la mort. Hélas, je connais trop toutes les perversions qui entachent cet élan : les pièges de la nostalgie, leurres et sublimations.

Nourrine est maintenant un homme libre ! Il a fini par être relaxé, dédommagé financièrement. Mais qu'est-ce qui pourra jamais réparer les blessures de l'injustice ? Les humiliations de plusieurs années de prison pour rien ? Seule l'écriture. Peut-être. C'est là que j'aimerais le retrouver.

L'homme des traversées

Quand Jean-Louis m'emmène pour la première fois sur son bateau, je ne sais même pas nager. Alors naviguer... Je pars avec l'excitation un peu inquiète d'accepter de ne plus rien maîtriser. De me déprendre, de m'abandonner.

Cet été-là, nous cabotons de crique en port jusqu'en bas de l'Espagne. J'apprends à barrer, à manier les voiles, à repêcher un homme en mer... Ces découvertes atténuent quelque peu mon ridicule : je ne suis pas complètement une handicapée sur la Grande Bleue. J'arrive à « faire la planche ». Je barbote autour du voilier, certes, mais en poussant de la tête une bouée. Et je ravale la frustration de ne pouvoir rejoindre le rivage autrement qu'en zodiac. Lorsque le bateau est à l'ancre dans une calanque splendide.

J'ai découvert la mer seulement quand je suis arrivée à Oran, à l'université. J'aimais aller la regarder. Juste ça. La contempler. Longtemps. M'en rassasier. J'observais ses mouvements, ses humeurs. Puis je fermais les yeux, respirais ses bouffées d'iode, sa fraîcheur. Bercée par son chant, j'oubliais l'enfer du désert.

Il m'a fallu des mois d'approche pour commencer à m'y risquer. Je m'avançais dans l'eau jusqu'au cou. Puis je marchais parallèlement à la plage. C'était ça mon bain. Cette progression droite en bordure. J'adorais ça : fendre l'eau pas à pas, les bras ouverts. Sentir sa résistance sur ma poitrine, sur mes membres, se refermer en étreinte dans mon dos. Jusqu'à l'épuisement. Je n'étais pas encore prête à lâcher pied. A me laisser porter.

Du reste qui savait nager en ce temps-là ? Même parmi ceux et celles nés en bord de mer ? Très peu de femmes. Guère davantage d'hommes. Les enfants s'y mettaient, oui. Les Algériens étaient encore un peuple qui tournait le dos à la mer. En partie, sans doute, à cause de tous les envahisseurs que les vagues avaient crachés sur leurs côtes depuis des millénaires. Ensuite la plage, ses ébats, ses « dépravations », étaient restés l'apanage des Français.

Sitôt rentrée à Montpellier, je m'inscris en cours de natation. J'y suis assidue. Les promesses de l'été m'aident dans l'eau javellisée des cadres aseptisés. Du reste, cette année-là tout me réussit. J'obtiens haut la main mon examen de première année de spécialité. Je passe dans la foulée mon permis de conduire. Et surtout, pour la première fois, j'ai un poste de médecin déclaré, correctement payé.

L'été suivant, c'est enfin la traversée. Cap d'abord sur Ajaccio. Puis, nord-est Sardaigne, l'îlot de la Tavolara le lendemain. Dès l'ancre jetée, je me perche sur le pont pour évaluer la distance qui me sépare de la langue de sable s'incurvant au bout de la table rocheuse. « C'est loin ! » avertit Jean-Louis qui perce mes intentions. Je mets des palmes à mes pieds : « Regarde ! » Je plonge, essaie de dompter la crainte et la jubilation, m'applique à coordonner mes mouvements. Au bout d'un instant, j'entends un battement derrière moi : Jean-Louis a détaché l'annexe du bateau. Il en a laissé le moteur à bord. Il me suit à la rame.

Je touche la plage tétanisée par l'effort et la joie. Je me renverse sur le dos, me laisse aller. Jean-Louis vient m'enlacer. Les vagues mourantes lèchent nos corps. Le ressac creuse le sable sous nos reins. Je regarde le bateau au loin et dis à Jean-Louis : « Ça y est, j'ai traversé la mère ! » Il ne sait pas que je pense mère à la place de mer. Je ne me pose aucune question. Je n'ai aucune envie de m'embarrasser d'introspection. Je suis encore toute à mes images de la traversée. A cette glisse intemporelle sur la peau lisse de la Grande Bleue. A la magie de ces instants de brume légère, ouate d'un songe surgi du fond des eaux. A ces crépuscules qui incendient la mer et le ciel dans leur étreinte à la pointe de la nuit. L'obscurité qui se referme comme une paupière sur des azurs hallucinés. Les aurores virginales de la pleine mer...

Peu de temps après notre rencontre, j'avais demandé à la mère de Jean-Louis :

« Qu'est-ce que ça te fait que ton fils vive avec une Arabe ? » « Hé ! Celui-là, il ne m'a jamais demandé mon avis. Avec lui, j'étais habituée à tout. A sept ans, il faisait déjà la grève de la faim » « C'est vrai ? » « Pardi ! Parce qu'on ne le laissait pas vadrouiller à sa guise. Si tu avais vu comme il hurlait : "Je veux aller promener. Je veux être libre ! " »

Jean-Louis, il continue à se promener dans la vie. Sinon il s'ennuie. J'ai épousé un promeneur. Il me balade sur terre et sur mer. Il devance mes envies de bouger. Il m'emporte. J'aime que les hommes m'emportent. Jean-Louis et moi, nous sommes dans le même mouvement. Dans ce qui recommence. C'est ce qui tisse ce lien si fort entre nous. Ces départs programmés, voluptueusement préparés qui oblitèrent mes ruptures. Et plus encore ceux décidés à l'improviste dans un accès du désir. Dans l'urgence d'éprouver, de vérifier instamment le sentiment de liberté. Tout ce qui m'a manqué en Algérie et dans le désert jusqu'à l'étouffement.

En voiture à travers des pays. A pied pour des heures de randonnée. Même quand la tramontane corne dans les gouffres des

Cévennes et racle des cieux à vif. Comme prêts à casser sous ses rafales. Mais le grand départ, c'est la traversée en voilier. Amarres larguées, il suffit de trois ou quatre heures de navigation pour que disparaisse la terre. Le huis clos de notre passion se met au diapason de l'immensité. Deux vertiges au miroir de l'eau : la traversée et l'amour.

Nous sommes devenus des gens du voyage. Ce mode de vie en voilier, je l'assimile au nomadisme de mes ancêtres. Ils avaient leurs pistes. J'ai un sillage que la mer efface aussitôt. A mon grand ravissement. J'aimerais faire durer la traversée. Savourer jusqu'à l'extase ces odyssées de bleus qui me bercent, me portent, me murmurent les rêves de la terre. Je suis Bleue en pleine mer. Je sens Dieu dans ce désert liquide. Ce cœur battant entre les deux rives de ma sensibilité. Je suis cette dérive.

Après deux ou trois ans de vie commune avec Jean-Louis, un jour, heureuse de constater la métamorphose de son fils, ma belle-mère m'avait déclaré d'un ton pénétré de reconnaissance : « Avant toi, il était si triste. J'avais peur pour lui. Comment te dire ce que je ressens ? Je l'ai mis au monde. Mais toi, tu lui donnes la vie ! Voilà, c'est ça. »

Rencontrer un homme, en tomber amoureuse quand on aborde un pays, c'est un voyage dans le voyage. L'étranger devient l'intime dans ce cœur à corps. L'amour accueille, adapte, adopte l'expatrié, éloigne le sentiment de fuite, d'échec. Les caresses de l'aimé redonnent des contours au corps déplacé. Elles deviennent ses premières empreintes dans une nouvelle terre. Elles le transplantent.

Alors tant pis si mes parents ne veulent pas voir Jean-Louis. Ils ne me verront pas non plus. L'amour de cet homme m'a cueillie au bord de tant d'interdits. Il a pacifié mes frontières, gommé mon agressivité. Il m'a fait apprivoiser l'intranquillité. Il flamboie au cœur de mes incertitudes. De mes silences. Il m'a ouvert les horizons auparavant sinistrés.

Là-bas dans le désert, l'horizon n'était que l'ultime claustration. Il symbolisait l'infranchissable de ma vie. L'insondable abîme qui me séparait du monde. De la liberté. Plus je grandissais plus le vide du désert me serrait à la poitrine, à la gorge. A scruter ce néant immuable, ses paysages fossilisés qui cernaient notre pauvreté, la brutalité des traditions, j'avais parfois des crises de désespoir à en crever tant il me paraissait impossible que je puisse jamais décamper de là. Leur échapper.

Petite, j'avais assisté à l'avènement de l'électricité, chez nous. Auparavant, nous nous éclairions avec des quinquets à acétylène. Fascinée par l'instantanéité du courant électrique, j'allais manier l'interrupteur : clic, clac! Je clignais des paupières en même temps, les croyant dotées du même pouvoir. Un soir que le brouhaha de mes petits frères m'excédait, je m'étais écriée : « Taisez-vous ou je vous éteins ! » J'avais fermé les yeux, les avais maintenus serrés. Tétanisée par la joie de ne plus les voir, j'avais mis un moment à me rendre à l'évidence : je plongeais seule dans le noir. Et même l'obscurité ne m'épargnait rien de leur vacarme. C'est pourquoi je garderai les yeux grands ouverts. Même dans l'insoutenable. J'attendrai que le sommeil les ait réduits au silence pour pouvoir lire tranquillement à la lueur d'un quinquet. J'apprendrai à dresser des livres entre l'insupportable et moi. A opposer le seuil des livres à la cécité des lumières du désert.

A force de violences et de suffocation pendant des années, j'avais fini par englober le désert et ses hommes dans la même terreur : celle de ma mort avant de partir vers des ailleurs plus cléments.

Au début de mes traversées en Méditerranée, l'épouvante face à l'horizon surgit encore ici et là. Je la sens parfois rôder sur les flots, tenter de me cerner de nouveau, de me reprendre au souffle. Je le sais à l'affolement de mon cœur. A la fixité de mon regard soudain happé par des opacités suspectes. Je me réfugie dans les bras de Jean-Louis. Nous étudions ensemble les cartes, traçons notre parcours. Et dans le déplacement des vagues et du bateau, ce berceau flottant de l'amour, l'angoisse me guette, me pourchasse sans m'arrêter. Elle finit par sombrer dans le sillage de notre embarcation.

Peu à peu, la Méditerranée et la présence de Jean-Louis finissent par avoir raison de cet effroi. Au bout du ciel, là-bas, Jean-Louis sera encore avec moi. Au goût de la mer, une autre rive pour la plus belle des aventures, être deux à l'infini. L'infini, c'est l'amour. C'est quand il y a de l'amour.

Combien de caresses, de traversées pour parvenir à prendre conscience que la nécessité de l'espace de la Méditerranée à ma respiration me vient précisément du désert? Imperceptiblement, je me suis mise à le rechercher à travers les sensations qu'elle me procure. J'ai beau me railler en douce : Ah, non, tu ne vas pas t'y mettre toi aussi à la nostalgie! Ce serait un comble si ce fichu désert, emblème de tous tes manques et terreurs devenait maintenant ce qui te manque le plus. Rien n'y fait. Quoi que je fasse : barrer, tirer sur les écoutes des voiles... je regarde la mer, scrute la ligne où elle rejoint le ciel et ne peux empêcher le désert de se substituer à elle.

Il se déroule sur l'eau. Il s'écoule comme je ne l'avais jamais perçu : libéré de la misère et de la tradition. Je l'invente pour pouvoir enfin le sillonner. Longtemps avant de l'écrire. Mais c'était déjà de l'écriture ces années de navigation et de ruminations.

C'était reprendre en mémoire l'enfance restée perchée là-bas au bord d'une mer de sable. Dans ce manque d'amour qui lui coupait le souffle et aveuglait les cieux.

En 1985, l'une de mes jeunes sœurs, Naïma, m'appelle. De là-bas. Du désert. Depuis des années je n'ai aucune nouvelle et je n'en donne pas... Elle a été mariée de force. Elle sanglote au téléphone. Elle a eu une aventure avec un homme. Mes frères l'ont surprise avec lui. Ils l'ont battue, enfermée dans une pièce pendant des jours et des jours. Jusqu'à ce qu'ils l'aient livrée à cet homme... Elle dit qu'elle le hait.

Je téléphone à mon oncle pour qu'il aille à son secours. Il promet. Je mets en demeure mon père de la libérer. Sinon, je menace d'aller la chercher. Et je jure qu'alors ils ne la reverront jamais plus. Comme moi. A Naïma, je dis : « Tu n'es quand même pas attachée, sauve-toi! Tire-toi de là! » Elle fugue. Ils ne la pourchasseront plus. Elle finit par quitter l'Algérie. Elle atterrit à Paris, me contacte de nouveau et sa voix est changée. Elle a rencontré un autre homme. Un Français. Elle est amoureuse. Ils se sont déjà mariés. Je trouve tout ça un peu précipité. Mais c'est une autre folie que celle qu'elle a endurée là-bas. Elle est majeure.

Un jour, elle décide de venir me voir. Nous ne nous connaissons pas. Elle était toute petite quand j'ai quitté la maison. Je ne l'ai revue qu'une seule fois jeune adolescente. Les études n'étaient pas son fort. Elle projetait déjà de les abandonner. Elle, elle envisageait l'existence, le monde à partir de son pouvoir de séduction, de sa beauté. J'avais essayé de la mettre en garde. De lui faire prendre conscience que la vie ne vaut que par la liberté. Et que celle-ci passe par le savoir, le travail et l'autonomie financière. Notre discussion avait tourné court. Nous n'avions rien en commun.

C'est dire que je n'attends pas que ma vie soit bouleversée par sa visite. Mais je suis devenue plus tolérante. Moins véhémente. Je n'ai plus la prétention de vouloir changer le monde autour de moi. Lui faire accepter mes choix me suffit.

Je m'ennuie avec elle. Mais elle est jolie, oui. C'est peut-être ce qui me rend touchante sa niaiserie. Je fais attention à ne pas la blesser. Je ne passe pas beaucoup de temps avec elle. Je travaille. Elle repart au bout d'une semaine.

L'hiver suivant, elle m'appelle en pleurs une fois de plus : la grisaille parisienne lui fout le cafard. Ce que je peux comprendre. Elle implore : « J'aimerais habiter à côté de toi, dans le Midi. Si tu savais combien je t'admire. Combien je t'aime. » Venant d'une autre bouche que celle d'un amoureux, ce genre de déclaration m'embarrasse. Je ne suis pas habituée aux effusions familiales. Je réponds seulement : « Viens. Viens avec ton mari. Vous resterez chez nous le temps de trouver du boulot ici. De pouvoir vous installer. » Ça, je peux l'assumer.

Ils viennent. Nous les logeons. Nous les nourrissons. Nous avons de la place. Le seul inconvénient, c'est que je dois bûcher. J'ai décidé de passer mon examen de fin de spécialité en mai. Au bout de trois mois, le mari de Naïma trouve du travail. Elle, c'est plus difficile. Ils louent un appartement. Je ne suis pas mécontente de retrouver le calme de ma maison.

Une fin de semaine, son mari est en déplacement. Elle revient chez moi pour ne pas rester seule. Je suis de garde à l'hôpital ce samedi-là. Je ne rentrerai qu'après vingt heures. Mais voilà que vers quinze heures, Angel, un copain espagnol, se pointe au service. Il tient son violon dans les mains : « Je me suis dit qu'au lieu d'embêter tout le monde chez moi, je pouvais venir jouer ici et te libérer pour que tu puisses aller bûcher. » Angel est néphrologue comme moi. Il est aussi chercheur et musicien. Un homme raffiné et chaleureux. J'ai déjà vu les patients en dialyse. Angel me prend le bip et va s'installer dans l'aile des bureaux où il n'y a personne le samedi après-midi. Il va pouvoir jouer du violon à sa guise.

En arrivant chez moi, je trouve la porte fermée de l'intérieur. Les clefs sont dans la serrure. Ce n'est pas dans les habitudes de Jean-Louis. Il met du temps à venir. Il est en peignoir de bain. Il a les cheveux mouillés, en bataille, le regard ennuyé. Je vois Naïma détaler vers sa chambre enroulée dans une serviette. Jean-Louis avoue : « J'étais en train de me doucher. Elle s'est dévêtue et elle est venue se mettre sous la douche avec moi. Je te jure que je n'ai même pas joui. » « Pauvre ! Tu veux dire que je suis arrivée trop tôt ? » Il tire sur son nez comme chaque fois qu'il se sent merdeux. J'éclate d'un rire nerveux. Jean-Louis hurle : « Naïma, dis-lui que c'est la vérité. Dis-lui que c'est toi qui m'as... » Elle crie de l'autre côté de la maison : « C'est vrai ! C'est moi. C'est de ma faute. » Je regarde Jean-Louis : « Ah oui, toi, tu n'y es pour rien ? » Puis hors de moi : « Foutez-moi le camp tous les deux ! »

Je m'enferme à clef dans mon bureau. J'entends Naïma dégringoler l'escalier, la porte se refermer sur elle, Jean-Louis bouger dans la maison. J'en ris aux larmes. Je ris longtemps parce que le grotesque de la scène m'explose à la gueule. Est-ce l'accomplissement du partage à l'algérienne ? Après le repas dans un même plat, le sommeil côte à côte, sous une même couverture, est-ce que l'ultime fusion familiale est maintenant celle des ébats sexuels ? J'en doute. Mon rire s'étrangle dans ma gorge. Les larmes continuent à baigner mon visage en silence. Mon examen est dans trois semaines. Je verrai tout ça après. Je suis rentrée pour travailler. Je dois travailler. J'essaie de travailler.

Jean-Louis vient me parler à travers la porte, tente encore de se disculper. Je ne réponds pas. Le soir, il me dépose un plateau-repas. Je n'ouvre pas.

Pendant les trois semaines qui me séparent de l'examen, je me boucle dans mon bureau dès mon arrivée de l'hôpital. Je mange très peu. Je potasse mes cours parfois en tournant en rond dans la pièce. Après moult tentatives pour essayer de me faire sortir de mon refuge, Jean-Louis a fini par se résigner au silence lui aussi. Je préfère ce silence.

Je suis reçue à mon examen. Mais totalement désenchantée par mon entourage à l'hôpital et, pire encore, par ce qui se passe dans ma vie. Je continue à dormir dans mon bureau. J'y passe mes soirées à lire. Ou bien je sors avec des amis. Je n'ai pas envie de voir Jean-Louis. Je n'ai rien à lui dire. J'ignore comment tout cela va se terminer. J'ai recommencé à avoir envie de partir. Parce que, soudain, la vie n'est plus qu'une farce insipide.

Un soir l'un de nos meilleurs amis m'appelle, m'invite à dîner. Il est au courant de la crise de notre couple. Il a toujours eu un faible pour moi. Cela a instauré entre nous une amitié amoureuse. Il tente de défendre Jean-Louis. Il me dit qu'il est si malheureux. Je le sais. Mais je suis submergée par tant de tristesse. C'est la somme exorbitante des désillusions qui remonte les ans. Qui me submerge. Qui me replonge dans de terribles constats. La supercherie et la cupidité des liens du sang me reviennent en boomerang. Une constante dans ma vie. Et que Jean-Louis ait participé à cette tragi-comédie me laisse effondrée.

Les distances et le temps avaient pourtant réussi à adoucir la mémoire.

Mon ami me prend dans ses bras. Et tout ce que nous nous étions interdit jusque-là nous envahit. Lui, il vient de divorcer. Il est encore dans ce chagrin. Nous faisons l'amour et c'est si bon. Pour la première fois depuis des semaines, je sens les contractures, les tensions se défaire dans mon corps, dans mon crâne.

Notre liaison dure. Devient de plus en plus forte. Très charnelle. Elle me tonifie. Mais nous sommes vigilants à préserver Jean-

Louis qui continue à attribuer mes absences à son incartade. Je me remets à lui prêter attention, à lui parler. Du quotidien, de banalités. Pas du bouleversement de ma vie. Cela l'apaise un peu. Je persiste à rentrer tard après mes rendez-vous. A dormir seule, évidemment.

Nous avons acheté une maison. Nous déménageons sans que notre vie change.

Une discorde professionnelle s'installe entre l'amant et Jean-Louis, dure et se transforme en haine féroce. J'assiste, impuissante, à ce jeu de massacre en essayant de me persuader que je n'y suis pour rien. Cette brouille effroyable met fin à ma liaison. Elle vient aussi exacerber d'autres tracas : les ayatollahs de l'hôpital, leur misogynie, leur discrimination, m'insupportent.

Un soir où Jean-Louis et moi, nous nous parlons enfin, vraiment, il me suggère : « Ça fait des années que tu dis que tu vas te mettre à écrire. Fais-le! Maintenant. » Cette obsession tourne dans ma tête. Elle ne m'a pas quittée un instant dans le désarroi de ces derniers temps. Soudain la sommation de Jean-

L'homme des traversées

Louis me terrasse. Je prends les clefs de ma voiture. Je quitte la maison. Je vais rouler dans la nuit. Je roule longtemps dans la solitude des collines, une nuit d'hiver. Une solitude frileuse, ramassée sous la voûte des étoiles.

Le lendemain, je pose ma démission. Je commence à écrire et mon désespoir se transforme en ivresse. Je m'inquiète des possibilités de remplacement de confrères néphrologues dans le privé. J'ai des propositions. Quelque chose à quoi me raccrocher et qui me laisse libre de mes choix.

Le soir avant de rentrer, Jean-Louis me téléphone : « Qu'est-ce que tu veux manger ? Tu n'as besoin de rien d'autre ? » Lorsqu'il arrive, je suis encore perchée sur la mezzanine, accrochée à mon clavier. Il monte quelques marches, s'arrête, me regarde avec des yeux d'enfant éperdu. Il avait dit : « Écris. Fais-le ! » Et je vois bien que ça l'inquiète. Parfois, il lève vers moi ses yeux avec cet air qui me donne l'impression d'être une icône retranchée dans son alcôve. Il a affronté seul des conflits, des déboires. Je l'embrasse. Je descends de mon perchoir, harassée par une journée d'écriture. Il prépare le repas. Je le rejoins. Nous parlons.

Je continue à dormir seule. Du fond du cœur, du fond de l'amour, nous savons bien que nous sommes malheureux.

Je fais quelques remplacements. Le reste du temps, j'écris.

Pour avoir osé jeter au visage de son directeur général ce que tout le monde pense autour de lui, Jean-Louis se retrouve au placard. C'est dire s'il s'ennuie ferme. Et de constater à quel point l'écriture m'emporte, l'angoisse terriblement. Un jour de sursaut, il m'appelle en fin de matinée : «Je veux te voir, même le midi!» Nous prenons l'habitude de déjeuner ensemble. Chez nous ou dans quelques lieux de rendez-vous. Nous avançons de part et d'autre de la lézarde qui s'est insinuée entre nous. Avec prudence, avec la même envie de la combler. De nous reconquérir.

Ce jour d'hiver 86, Jean-Louis me rejoint dans un restaurant en bord de mer, à l'heure du déjeuner : «Je vais poser une demande pour deux années sabbatiques. Nous avons suffisamment d'argent pour vivre. Vendons le voilier, pour en acheter un plus grand. Nous l'aménageons et nous foutons le camp pour longtemps. Tu aimes écrire en mer. Et puis avec ton diplôme de néphrologue, tu peux toujours travailler quand tu veux. Où tu veux. D'accord ? » « D'accord. »

Nous achetons un voilier plus grand. Nous le baptisons : « Vent de sable ». Le 30 avril 86, nous sommes prêts. La veille de notre départ nous invitons à bord quelques amis : « A quelle heure partez-vous ? » « Très tôt. A l'aube. Vers cinq heures et demie du matin. »

A notre réveil, encore barbouillés, nous avons la surprise de les retrouver alignés sur le quai. Ils sont venus nous souhaiter « Bonne mer ». Ils couronnent Jean-Louis d'une casquette de commandant, me posent un béret de marin sur le chef. Nous larguons les amarres dans la brume laiteuse du lever du jour sous le regard envieux de nos amis restés à terre. Cap sur la Grèce.

Nous avons programmé toutes nos traversées en solitaires, Jean-Louis et moi. Nous avons arrangé des retrouvailles avec nos amis. Seulement pour des navigations côtières : autour des dents du Péloponnèse. Dans les

Cyclades. Sur les rivages de Turquie, de Sicile ou de Tunisie.

Lorsque nous affrontons des coups de vent, des tempêtes, Jean-Louis s'occupe des voiles. Je m'accroche à la barre, m'applique à négocier des vagues aux dimensions de montagnes. Et quand revient le calme, une amarre passée sous les bras, nous nous jetons l'un après l'autre à la mer pour sentir au plus près le vertige de la glisse, le mystère des abysses.

Par beau temps, en mer, j'écris. Jean-Louis lit. Il lit beaucoup. Il lit des romans. C'est un lien fort entre nous. Ces deux rives du livre, la lecture dans le même temps que l'écriture. Tous les livres abandonnés en Algérie, je les ai retrouvés chez lui. J'en ai rachetés avec lui. Même notre voilier, *Vent de sable*, en arbore des rayonnages pleins à craquer. Des livres dans *Vent de sable*, mon vent de sable en pleine Méditerranée. Qui embarque l'autre ? Qu'importe. Les fantômes encombrants, je les ai laissés à terre.

Je lève les yeux de mon cahier. Jean-Louis pose son livre sur les genoux. Nous nous regardons, conscients que nous vivons des moments exceptionnels. Nous sommes comme deux garnements roublards qui se délectent des feintes infligées aux mauvais jours.

L'un des textes écrits en cours de navigation : *La Mer, l'autre désert*, s'achève ainsi : « Je les fonds et confonds en une même image : La blessure lumineuse de ma liberté. »

Plus de cinq mois plus tard, nous sommes dans un port en Tunisie : « Reste sur le bateau à écrire. Je vais à Montpellier le temps de louer la maison. Une semaine, pas plus. Ensuite, nous passons Gibraltar. Nous irons attendre les alizés aux îles du Cap-Vert ou aux Canaries pour la traversée de l'Atlantique. » Je sais que c'est ça son rêve. Un tour du monde en bateau. J'en ai envie aussi. Mais plus tard. J'ai entrepris un autre voyage, l'écriture. J'ai besoin de le voir aboutir, de me faire éditer.

Jean-Louis m'en veut d'interrompre notre aventure : « Dès que tu t'es mise à écrire, j'ai compris que tu partais sans retour en me laissant sur un quai. »

1993, le drame de l'Algérie bouleverse ma vie, m'entraîne dans un tourbillon de contestations, de déplacements, harcèle l'écriture. La jalousie de Jean-Louis grandit avec le succès remporté par mon troisième livre. En six mois, il est devenu un autre homme. Je ne le reconnais plus. Un jour, il me lance d'un ton accablé : « J'ai connu une jeune fille en complète rupture de ban. Peu à peu tu es devenue une Algérienne engagée. Je t'ai maternée pendant dix-sept ans. Maintenant, je crève dans ton ombre. » Et d'autres phrases définitives.

J'avais oublié que materner pouvait se conjuguer avec crever. Comment ai-je pu oublier ça ? C'est sans doute d'avoir traversé la mer. Lui qui, au début de notre rencontre, menaçait de se tuer si je le quittais, m'avoue un jour : « Pendant que tu signais tes livres, j'ai roulé sur les collines environnantes. Je n'avais qu'une envie : accélérer et me foutre contre un arbre ! » Pourquoi ? Par quelle perversion, le succès littéraire d'une femme se transforme-t-il en danger mortel pour son homme ? Ce n'est pas d'aujourd'hui que les écrivaines se coltinent avec cette image du danger, du néfaste. « Je ne veux pas que tu crèves ni dans mon ombre ni contre un arbre. Nous allons divorcer. »

Il est malheureux à cause de mon écriture. Mais il ne veut pas divorcer. Ses jalousies, ses aigreurs, un vrai dilemme. Je ne conçois pas l'amour comme rapport de force. Je ne comprends pas ce qu'il cherche. Souhaite-t-il que je cesse d'écrire, d'exister, pour retrouver son oxygène et sa lumière ? Cet amour est en train de muer en vampire. Ma lucidité a repris ses droits sur la succession des attaches rompues. Je n'ai même pas de haine, l'ultime fulgurance de l'amour.

Bonjour les marchandages sordides, les mesquineries, tout ce qui n'était pas du tempérament de Jean-Louis. Quel sacrilège alors que l'amour est là et qu'on l'assassine ! Peut-il en être autrement ? Quand les couples se séparent raisonnablement, c'est qu'ils ne s'aimaient plus depuis longtemps.

Comment fait-on pour aimer de nouveau ensuite ?

Chose effarante, l'homme de toutes mes traversées m'est devenu étranger.

Mon frère est un garçon

Tayeb est le petit frère lié au chagrin de ma tirelire cassée, dévalisée par mon père. C'est de lui que j'avais accepté de m'occuper moyennant les quelques deniers repris à mon insu.

Tayeb est né blond dans une famille de basanés. La plupart des garçons ont, auront, des cheveux crépus. Une impitoyable tondeuse les leur maintient à ras. Rite initiatique précoce de la séparation des sexes. Les premiers mots, les premiers gestes de la vie s'appliquent à extirper le bon grain de l'ivraie. Tayeb a de longues mèches d'or qui encadrent de leurs arabesques son visage, tissent leur soie autour de son cou d'oiseau et roulent sur ses épaules. On se garde de les lui couper. Ressembler à une fille est censé le préserver du mauvais œil, de la convoitise de la mort. Cet enfant-là cause tant de soucis.

Tayeb avait un an, moi huit, lorsque j'avais commencé à le trimbaler partout, assis à califourchon sur ma hanche, ses pieds battant mes genoux. Je m'enfuyais de la maison avec lui. Je l'emportais dans ma cachette lovée au milieu d'une touffe de roseaux. Je l'asseyais en face de moi et lui parlais. Rien n'accaparait plus mon temps que de lui raconter mes rêves. De les inventer en les lui disant : « Un jour, je me lèverai la nuit. Je laisserai un mot sur mon oreiller. Je partirai au djebel combattre pour la liberté. Après, à l'indépendance, j'irai vivre dans les étoiles... »

Il me fixait avec son air étrange. Peu à peu mes délires l'arrachaient à l'apathie, l'animaient. Il baragouinait de temps en temps. Progressivement, il s'était habitué à se laisser aller à d'interminables gazouillis qui me faisaient rire. Il s'arrêtait, me regardait, se retenait un instant. Sa peau chiffonnée par la maigreur semblait se lisser, son corps se déployer. Soudain, il cédait à l'hilarité. Cette victoire sur sa tristesse !

Nos conciliabules avaient fini par tenir du dialogue amoureux.

Mon frère est un garçon

La traîtrise de mon père met momentanément un terme à nos escapades et nos apartés. L'énorme rancœur que je nourris envers mon géniteur n'épargne aucun adulte de mon entourage. Elle me retranche derrière un orgueil belliqueux. Quand débordée par les tâches ménagères, ma mère tourne vers moi un regard implorant, elle se fige muette face à mon expression, hoche la tête, exaspérée, soupire avant de continuer à se démener.

Elle a attrapé de nouveau le gros ventre.

Je ne m'approche même plus de Tayeb pourtant indemne de mon ressentiment. Mais son regard me poursuit et me hante. Tout l'étonnement de la terre semble se concentrer dans ces yeux-là. La surprise peut-être d'être resté vivant, lui, « le maladif » alors que son jumeau, Bachir, un braillard d'une vigueur insolente, est mort brutalement quelques mois auparavant ? Ce traumatisme familial est venu aggraver celui causé par le décès d'un autre garçon, Nourredine, un an auparavant.

La guerre, ses folles rumeurs : « Il n'avait rien, juste un peu de fièvre. L'infirmier, ce raciste tu sais, il l'a pris. Il lui a fait une piqûre. Bachir s'est raidi. Il est mort sur-le-champ ! »

Je suis encore une enfant mais ces propos me paraissent sujets à caution. Je ne crois pas à cette fable d'un homme habité par la volonté d'éliminer le maximum d'enfants mâles, ce germe de fellagas. Surtout pas dans le corps des soignants, non. Devenue médecin, j'apprendrai que l'Algérie avait en ces temps-là un taux de mortalité infantile des plus élevés au monde. Pourtant, je doute que mes parents aient tardé à emmener Bachir à l'hôpital. Lorsqu'il s'agissait de leurs fils, ils s'affolaient rapidement. Et ils étaient encore sous le coup de la mort de Nourredine. Choc anaphylactique? Erreur de produit? De dosage? Quels agissements avaient motivé la réputation de cet infirmier? Sur quel substrat s'était focalisée l'aversion de la population à son égard? Méprise dans la déflagration de la guerre? Quelles ont été les répercussions des commentaires maladroits, parfois assassins, sur le développement de Tayeb? « La mort choisit, elle aussi. Elle s'empare des meilleurs. Elle en a pris le goût sur les versants âpres des maquis... » Quel a été l'impact de la perte de son jumeau sur Tayeb?

Moi « la fille », la teigne, j'en suis peinée et pleine de pitié pour cet enfant malingre qui donne toujours l'impression d'être sur le point de céder, brisé par la demande inassouvie qui consume ses yeux. J'ai peur qu'il disparaisse emporté par la férocité du monde.

Ce monde tenaillé par la misère et les exactions de la guerre, moi, je le trouve exaltant. Ses fureurs, ses lamentations ricochent dans ma tête, alimentent mes colères et mes revendications. Porté par l'aspiration collective, mon désir de liberté grandit au fur et à mesure. Ces paroles de défi qui soudain vrillent les femmes, les transfigurent. Un avenir nouveau se prépare dans ce chaos de poudre et de sang, dans les échos des canons. C'est sûr!

Je ne m'approche pas de Tayeb. Mais je ne peux m'empêcher de l'observer de loin. Car il me manque. Il est là et il me manque parce que je dois garder mes distances. Tayeb guette mon regard, essaie de l'accrocher, de le retenir en tendant lentement un bras. Je détourne les yeux, me lève et quitte la maison. Car je sais qu'il va foncer à quatre pattes comme d'un chiot dans ma direction. Ça me coûte. Mais si je me laisse aller à la joie de la fillette se découvrant enfin un petit frère, le retrouvant pour un instant, c'est toute la vie d'une femme au foyer qui va me débouler dessus. Elle me séparera de lui de toute façon. Mon père avait négocié : « Occupe-toi de lui, de lui seulement... » Me voyant montrer du cœur à honorer ce contrat, ma mère avait redoublé ses assauts. Sa détermination à m'incorporer dans sa vie de forçat ne désarme pas : « Prends le balai. Va chercher trois bidons d'eau. Dépêche-toi de laver ces couches ! Viens nettoyer ces marmites, j'en ai besoin. Épluche les légumes. Prépare le biberon du petit. Torche l'autre. Sors-moi cette natte, secoue-là dehors... » Ça ne s'arrête jamais ces aboiements programmés pour broyer le temps d'une fille. Ne pas lui laisser une minute pour jouer, rêver. Elle ferait des bêtises. Elle prendrait de mauvais penchants. Ça, je l'ai déjà compris. Ma résolution est inébranlable. Si je cède, je signe ma capitulation. C'est pour cette raison que je désertais la maison, Tayeb avec moi.

Je continue à me sauver. Je pars rêver, seule, au sommet de la dune. Comme auparavant.

Le nez dans un livre, j'entends ma mère s'extasier : « Il marche ! Enfin ! Il marche ! Il aura tout fait avec du retard. Mais ça y est. » Je lève les yeux. Les bras écartés, l'œil allumé, Tayeb s'élance vers moi d'un pas désarticulé. Je vole à son secours saisie par l'angoisse de le voir s'écraser à terre, se casser telle une marionnette de verre. Je le serre contre moi. Il fourre son visage dans mes cheveux, l'écarte, me regarde quêtant une appréciation de son exploit. Je l'emporte avec moi dehors pour lui reparler enfin. Jusqu'à plus soif.

Il marche. Il va me suivre dans mes escapades. De plus en plus loin. Il fuit les jeux des garçons. Lorsque je m'éclipse sans lui. Il me cherche. Il sait où me retrouver. Lui, il connaît tous mes repaires. Et quand m'apparaît son visage anguleux, encadré d'une broussaille d'or, et qu'il me sourit avec cet air de triomphe espiègle, une bouffée de bonheur me fait frémir jusqu'au tréfonds.

J'ai été dépouillée de mes sous. Je ne pourrai pas m'acheter la bicyclette dont j'ai tant envie. Mais j'ai gagné ce que personne ne pourra me voler : ce frère-là.

Un autre garçon robuste né après Tayeb, Nadir, a déjà plus d'un an. Ma mère n'est pas loin d'accoucher une nouvelle fois. Tayeb a grandi. S'il reste toujours chétif, il a acquis du tonus, une joie de vivre. Les refus obstinés qu'il oppose aux parents, aux frères, aux cousins, m'enchantent autant qu'ils inquiètent les membres de la famille.

Le jour où sa toison passe à la tondeuse, première tentative pour le calibrer, il en pleure. Des larmes en jet qui ne touchent pas ses assaillants mais que toutes les remontrances ne font pas cesser : « Tu veux garder des cheveux de fille ?! Les garçons commencent à se moquer de toi. Tu dois être comme eux. C'est avec eux qu'il faut que tu ailles jouer maintenant. » Je regarde ses cheveux sur le sol en retenant mon sanglot : « Ils » m'ont changé mon petit frère, le complice de mes rêveries. Il ne sera plus le même ! Ses yeux brouillés de larmes me fixent, me prennent à témoin, me mettent au supplice. Je sors l'attendre devant la maison.

Il m'y rejoint dès qu'on le lâche. Je le prends par la main : « Viens. Nous allons monter tout là-haut, au sommet de la dune. » Il lève la tête vers la dune, se tourne vers moi, me sourit, le regard encore noyé. Nous accélérons le pas.

C'est la première fois que je l'entraîne avec moi vers les galbes des sables qui culminent au-dessus des mélodrames de la maison. Lorsque, épuisés, nous nous arrêtons pour reprendre souffle, je me laisse tomber sur le sable, observe la nouvelle tête de Tayeb. Les saillies de trois bosses la font ressembler à ces balles de chiffon noué en vitesse par des bambins plus préoccupés par l'envie de shooter dans n'importe quoi que d'esthétisme ou de vraisemblance. Tayeb porte ses deux mains sur sa boule à zéro, ses traits se crispent : « Ils m'ont pris pour une brebis ! » Je suis sur le point de débiter quelque phrase de consolation lorsu'une révélation éclate dans mon esprit :

Mon frère est un garçon !

Jusqu'alors, les garçons, c'étaient les autres. Tous les autres. Les fragilités, les failles, les rébellions que je guette chez eux se cristallisent en Tayeb. Elles le placent à part. Ailleurs. Il me rejoint dans les confins. Malgré sa chevelure de poupée, je ne l'ai jamais assimilé à une fille. Sa crinière blonde le distinguait des autres. C'est de la demande inapaisée de ses yeux que procède la nature de Tayeb. Il est d'un genre unique, mon petit frère. Et la scansion portée au martèlement secret de l'adjectif possessif « mon » accentue certainement cet état d'exception. Tayeb me scrute avec angoisse. Je le regarde et renchéris : un jour, il sera un homme, mon frère.

Cette projection lui restitue instantanément l'étrangeté perdue avec la tonte de ses cheveux.

Mon entrée au collège, dans la ville voisine, m'éloigne de Tayeb. Et plus encore la vie de pionne qui me retient au lycée de Béchar plus tard. Nous ne nous retrouvons guère que l'été. Encore que dans cet enfer des « vacances », de mon adolescence, moi, je me replie complètement sur les livres pour tout oublier. Tayeb, lui, a le loisir de se rendre à la piscine dans la journée. Le soir, il adore aller au cinéma. Tout ça m'est inaccessible.

Tayeb est grand maintenant. Il reste très mince. Ses cheveux ont bruni. La brutalité, les matamores, l'ordre, les conventions, lui sont insupportables. Il vient me raconter ses brouilles avec les garçons. Et quand sa colère retombe, il me parle des films indiens qui ont sa préférence avec force détails. Il mime le héros, *l'ichire*, me décrit la danse de séduction de sa belle. Il se lève, se met à danser, mon frère. Il danse, tend son bras dans ma direction et me lance : « Moi, je ferai du cinéma ! »

Je suis à l'université d'Oran. Un jour, je reçois un avis d'appel de mon père. Je me rends à la poste, mon père supplie au téléphone : « Il faut que tu viennes. Je ne sais plus quoi faire de Tayeb ! Il ne veut plus aller au lycée. Il ne mange plus... » Je prends l'avion pour le désert. Tayeb est cachectique. Ses yeux ont retrouvé leur détresse de l'enfance. Il me dit dans un souffle : « Emmène-moi loin d'ici, sinon je vais mourir. »

Les agressions du lycée, les diktats, toutes les sauvageries de la ville auxquelles on est encore plus exposé lorsqu'on est un enfant de pauvres. Quand aucun bras long n'écarte la vermine... Tout ce que j'ai traversé. Ces années noires où un constat s'est imposé : l'indépendance du pays ne signifie nullement liberté individuelle. Où il m'a fallu payer très cher cette liberté. Tout ça brise Tayeb, lui, le garçon, parce qu'il n'est pas comme les autres. Lui non plus. Durant un instant, la culpabilité me terrasse. Je me reproche : Je lui ai tellement bourré le crâne avec mes rêves démesurés alors qu'il ne parlait pas encore. Alors qu'il était si malléable ! Voilà le résultat.

Mais non. Tayeb a le même caractère irréductible que moi. Des rêves, il en avait déjà plein les yeux avant de savoir les exprimer. Je n'avais fait que mettre mes mots sur l'impénétrable attente qui lui écarquillait les yeux. Il est un peu plus démuni, mon frère, parce que c'est un garçon.

Je ne peux pas remettre les pieds dans ce lycée de malheur. C'est mon père qui va chercher le dossier scolaire de Tayeb. Je l'emmène avec moi à Oran.

Un copain me prête une chambre à la cité universitaire. Il n'y dort pas. Il habite avec son amie dans la sienne. Tayeb s'y installe à deux pas de moi. Je lui achète des tickets pour le restaurant universitaire, lui donne un peu d'argent de poche. Surtout, je rameute les amis pour qu'ils l'entourent, le fassent sortir, lui parlent. Moi, je fais des remplacements de professeur de math entre huit et dix heures du matin. Ensuite, j'ai mes stages à l'hôpital, mes cours, les copies à corriger, les soirées à bûcher, les amours à vivre tant bien que mal. Plutôt mal en ces moments-là.

Dès que je rentre en fin de journée, je vais rejoindre Tayeb. Il est plus détendu. Il s'alimente mieux. La convivialité, la liberté des mœurs de la cité universitaire l'apaisent. Nous dînons ensemble. J'essaie de le convaincre de la nécessité de reprendre sa scolarité. Je suis prête à lui payer une école privée. Il est d'accord. Je vais l'y inscrire. Ce qui ampute considérablement mes maigres revenus. Tant pis. C'est trop important.

Au bout de quelques mois, un soir, Tayeb m'annonce avec gravité : « Je ne veux plus que tu dépenses ton argent pour moi. Je ne veux plus être une charge pour toi. Je vois combien tu te démènes. Moi, je ne veux plus étudier ici. Je n'ai qu'une envie, foutre le camp de ce pays de barbares. Mais je vais attendre de faire mon service militaire. Sinon, je ne pourrais jamais revenir. Même si maintenant, c'est ce que j'espère : ne jamais y revenir. C'est quand même dur. Je suis tordu ? »

Pour le coup, c'est moi qui me sens totalement démunie. Ce qu'il me dit là, il l'a mûrement réfléchi. Je le sais. Et qu'il me rejoigne jusque dans cette aspiration, me laisse sans voix. Je ne suis pas tenue, moi, par l'obligation du service militaire. Mais la seule évocation de ces deux mots, service militaire, est un épouvantable cauchemar : comment imaginer Tayeb chez les militaires ?

Je ne me suis pas trompée. Tayeb passe la majorité de ce temps dans des cachots pour insubordination. J'essaie de l'en sortir en faisant intervenir des copains étudiants qui connaissent des militaires, qui peuvent ordonner, soudoyer... Je l'en tire. Il ne tarde jamais à y replonger. Je n'avais qu'une hantise. C'est qu'il y crève, Tayeb. Peut-être y aurait-il laissé la peau sans mon harcèlement permanent.

Mon frère est un garçon

Quand enfin il est libéré, il n'est plus qu'un cadavre ambulant. Il me donne l'impression de ne plus avoir de paupières. Les ténèbres insondables des cachots se sont enfoncées dans ses orbites béantes. Je le regarde avec la sensation de glisser dans le vide.

Nous quittons l'Algérie au même moment, séparément. Je prends l'avion pour Paris. Il part pour Marseille en bateau. Il a besoin de lenteur, d'éprouver le temps du dehors. Il veut traverser la France pour se faire une idée de ce pays. Je lui laisse un numéro de téléphone où il pourra me joindre à Paris. Il m'appelle un jour, proclame patatras ! « Je ne reste pas en France. C'est un pays raciste ! Je vais continuer vers les pays du Nord. » J'essaie de combattre cette conception réductrice. Il répond catégorique : « C'est plus facile pour une fille. Surtout jolie et bien mise comme toi. Tu ne peux pas t'imaginer ce qu'endurent les hommes basanés. Je n'ai pas quitté l'Algérie pour supporter ça ! » Les propos de Mus me remontent à l'esprit. Je n'ai aucune envie de heurter Tayeb. Je n'espère qu'une chose, qu'il puisse trouver un sanctuaire. Mais je retiens deux phrases :

Maintenant mon frère est un homme. A l'étranger, il fait partie des basanés.

C'est Amsterdam qu'il a élu comme lieu de prédilection. Il y fait toutes sortes de petits boulots pour survivre, apprend le néerlandais, entreprend des études, milite pour Amnesty International... Il finit par obtenir une licence ès sciences sociales, s'occupe des problèmes d'exclusion, se marie avec une Hollandaise...

La phrase prononcée par ma mère à ses premiers pas me revient à l'esprit : « Il aura tout fait avec du retard. » C'est quoi, le retard ? La vie hors du formatage. Il a pris son temps, Tayeb. Le temps de pouvoir faire ses propres choix. Cette liberté, il l'a payée très cher, lui aussi, mon frère.

Cette joie ineffable lorsqu'il vient me voir à Montpellier ! A Oran, Tayeb avait rencontré Saïd, mes copains, mes amis lors de son séjour à la cité universitaire. Il vient de connaître Jean-Louis. C'est le seul homme de toute ma famille qui ait accepté de le rencontrer !

Quand sa femme fait la sieste et que Jean-Louis est à son travail, j'emmène Tayeb en balade au bord de la mer ou dans les garrigues. Nous marchons, heureux de nous parler. Ces évasions reprennent le fil de nos confidences. Et je retrouve le goût de mes repaires sauvages partagés avec lui quelque fois.

Mais la plus réconfortante de nos retrouvailles, c'est lorsqu'il vient me rejoindre chez moi un hiver, un an après ma séparation avec Jean-Louis. Tayeb a divorcé, lui aussi. Mais il est plus serein. Il s'est mis à écrire, lui aussi, en néerlandais. Il parle le français avec un fort accent hollandais. Mon frère cultive cette étrangeté qui m'a fait tant l'aimer : « Tu te rends compte qu'il va me falloir attendre que tu sois édité en Hollande et traduit en français pour que je puisse enfin te lire ! » Il me sourit avec fierté. Nous faisons de longues marches dans les Cévennes, sur les collines autour de Montpellier, en discutant. Le relief lui manque tant dans le plat pays où il vit. Un soir, assis près de la cheminée, il me dit : « Il faudrait que je vienne habiter par ici, à côté de toi. Ce serait bien, non ? » Ce serait fantastique ! Et nous voilà partis à rêver de ce projet.

Mon éditeur hollandais m'invite à Amsterdam. J'y retrouve Tayeb. Après mon séjour à Amsterdam, je pars avec lui pour Utrecht où il habite maintenant. Nous déambulons au bord des canaux de la ville. Une si belle ville. Tayeb me parle de son manuscrit qu'il vient d'achever. Je lui promets d'en parler à mon éditeur.

Un an plus tard, de retour à Amsterdam, je ne vois pas Tayeb. J'avais essayé de le joindre au téléphone à partir de Montpellier. Des sonneries sans réponse. Et il n'y avait même plus de répondeur pour laisser un message. Je reste là quatre ou cinq jours. Je ne désespère pas de pouvoir le contacter. De le voir rappliquer parce qu'il aura lu la presse. En vain.

Son manuscrit a été lu par des éditeurs. Il n'est pas encore abouti. Pour me consoler, je me dis : Tayeb attend d'être édité pour se manifester.

Le même scénario se répète deux ans plus tard. Je n'ai eu aucune nouvelle de lui depuis. Ce n'est pas faute d'avoir essayé de le joindre. Devant ma tristesse, une journaliste se lance à sa recherche, se rend à Utrecht,

Mon frère est un garçon

trouve porte close, interroge ses voisins. Ils ne l'aperçoivent que rarement. Comme s'il vivait plutôt ailleurs. « Ne vous inquiétez pas. Je vais activer mon réseau. Je le retrouverai. » Ce sont les débuts du téléphone portable et l'aimable journaliste poursuit ses recherches. Je suis à une rencontre d'écrivains et je guette l'apparition de la jeune femme au fond de la salle. Elle s'y faufile, me fait un signe de dénégation puis un autre pour me signifier qu'elle continue avant de ressortir.

Pendant que d'autres écrivains parlent de leur écriture, moi je revois le bras de Tayeb se tendant en vain vers moi lorsque, enfant, je le fuyais pour accomplir ma petite résistance personnelle. Je vois ce petit bras s'incurver en étreinte dans le vide. En points d'interrogation parachevant la demande de ses yeux. Je dois afficher la même détresse, la même incompréhension.

J'ai appris récemment, lors d'un voyage en Algérie, que Tayeb se rend de temps en temps au désert. Qu'il parcourt la contrée en solitaire. Qu'il projette de retourner vivre en Algérie. Au bout diamétralement opposé du pays. Le rivage mitoyen de la Tunisie.

Depuis combien de temps n'ai-je vu ou seulement entendu Tayeb ? Sept, huit ans ? Jusqu'à quand les hommes que j'aime m'obligeront-ils à compter les manques d'amour jusqu'à en perdre le nombre des années ?

Ceux du livre

Les hommes qui m'ont portée vers les livres forment toute une chaîne. Il y a quelques femmes aussi, bien sûr. Mais mon sujet, ici, ce sont eux, les hommes. Ils ont été plus nombreux.

D'abord mon oncle Kadda, frère cadet de mon père. C'est lui qui inaugure la lecture à la maison. C'est le premier instruit de la famille. Il lit déjà lorsque j'accède à l'école primaire. Le soir, quand il est à la maison, il a un livre dans les mains. Il est là et ailleurs. Il s'abstrait. Je m'applique à tracer des lettres sur ma page blanche. De temps en temps, je lève des yeux subjugués vers lui. Ce mystère ! L'impatience me gagne. J'aurais aimé pouvoir accélérer le temps, le précipiter. Que raconte ce livre pour absorber un homme des heures durant ? Est-ce que je parviendrais, moi, la fille, à ce stade-là, être dans un livre ?

Mon regard finit par attirer celui de mon oncle. Il pose son livre et vient se pencher sur mon cahier. Sa présence calme mon inquiétude. Je retiens ma respiration pour mieux sentir la sienne sur ma joue. Il dit : « C'est bien ! » Et soudain c'est une poussée dans mon dos. Une percée de plus sur le bon chemin.

Mon oncle est mon lecteur originel.

Mon oncle lit des polars, des bandes dessinées. Les livres ne font que passer par ses mains. Quand il y en a si peu, les livres circulent de maison en maison. On se les arrache. Ils n'ont pas le temps d'attendre docilement alignés contre un mur. Moi, je garderai jalousement les livres. Je me constituerai une bibliothèque, dans « la pièce des invités », que mes frères dilapideront à mon départ pour l'université. Pour quels marchandages ? Ils ne lisent, eux, que des « illustrés ».

J'ai l'impression qu'ils ont ainsi effacé mon passage parmi eux. Ce butin de tant d'années de guerre.

Durant mon enfance mon oncle part travailler mille kilomètres plus au sud dans le désert. Même loin, il continue à me protéger. Il exhorte mon père à ne pas me retirer de l'école. A son retour, je suis adolescente. Je lis. Nous nous parlons souvent de nos lectures en occultant les chapitres amour, sexualité. Ça, c'est tabou. C'est honteux.

Ces premiers silences sur des histoires écrites, dans notre complicité, ouvrent une faille qui ne cessera de grandir avec la réalité de ma vie. Les conversations où l'essentiel n'est jamais dit m'ennuient. Si je ne peux pas parler de tout, je peux tout lire dans les livres. Alors je me tais.

Même lui, l'homme lettré, refusera de recevoir Jean-Louis pour ne pas encourir la malédiction de mon père. Plus que le veto de mon père, c'est le sien qui me sera le plus cruel. Il est le symptôme sinon de la reculade du moins de la stagnation des esprits. C'est lui qui m'exclut définitivement de la famille.

C'est le silence ultime.

Pendant mon adolescence, le libraire de Béchar est mon principal fournisseur en livres. Enchanté par ma boulimie de lecture, il me prête des livres. Il se comporte en bibliothécaire : « Ah, ma fille ! Si au lieu de faire tant de bêtises dans les rues, tous ces crétins se mettaient à lire un peu, l'Algérie serait demain une grande nation. Tu as plus besoin des livres que moi de l'argent. Et puis, je sais que tu me les rendras intacts. Allah est grand. » Parfois, lorsque j'arrive dans sa librairie, il a déjà fait un choix pour moi : « Tiens, je t'ai mis ça de côté. » Il me tend des œuvres. « Prends-en d'autres, tout ce que tu veux. » La générosité, la douceur de ce croyant-là me redonne foi en mes compatriotes.

Il n'y a qu'avec trois ou quatre professeurs du lycée, des Français, que j'ai de vraies discussions. Ils sont devenus mes parrains, mes copains. Eux aussi me donnent des livres, des caisses de livres avant de partir en vacances vers le nord du pays ou en France, m'abandonnant au siège de l'été. Dans l'année, lorsque la projection d'un grand film est programmée au centre culturel français, ils m'avertissent à l'avance : « L'un de nous viendra te chercher. Tu dois voir ça. Un monument ! » C'est avec eux que je découvre, dans une toute petite pièce, quelques chefs-d'œuvre du cinéma.

Etre toujours flanquée d'eux dans la ville, dans cet immédiat après-guerre où les rancœurs sont encore à vif, me vaut le début de la réputation de dévergondée, de « fille des ennemis ». Cet amalgame ! Ce sont des gauchos de France et de Navarre, dont bon nombre d'humanistes, qui ont accouru en Algérie après l'indépendance : « Pour participer à l'édification d'un pays neuf. » Et restaurer l'image des « Lumières » malmenée par huit années de guerre.

Ces hommes-là, ces professeurs, sont aussi mes avocats auprès de l'administration du lycée. Mais malgré toute la verve et l'ardeur qu'ils mettent à me défendre, ils ne parviennent pas à me préserver des plus grandes outrances. L'un d'eux en fait les frais. On le soupçonne d'être mon amant. Il y a, certes, un amour naissant entre nous. Mais le risque est trop grand de me faire broyer par la vindicte à quelques mois du bac. Il ne s'est absolument rien passé entre nous. Nous n'avons même pas échangé un baiser. Pas un seul. Un murmure platonique nous sert de viatique : « L'année prochaine à Oran ! » Il est en train de demander sa mutation. Elle tombe immédiatement comme un couperet. Il doit partir sur-le-champ. Mais à l'autre bout de l'Algérie. Pas à Oran.

Je suis « maîtresse d'internat » durant l'horreur de cette fin du lycée. Toujours aux prises avec une administration bornée, quelle n'est pas ma stupéfaction lorsqu'une aide inespérée me vient précisément de l'un des cadres du lycée : le surveillant général de l'internat, Akli. Cet homme n'est arrivé au désert que depuis la rentrée dernière. Il s'est lié d'amitié avec mes professeurs préférés. Il est kabyle. Il vit seul. Il n'a pas de famille dans la ville.

Akli est long, fin, châtain avec des yeux d'un fauve fantastique. Il est beau. Il a un sourire désarmant. Je tombe des nues quand il m'annonce : « Je te décharge de la surveillance des garçons. Tu ne vas plus t'occuper que des quatre filles internes. Dès que tu as fini tes cours, boucle-toi avec elles dans une classe ou dans votre dortoir et bûche ! Tu dois décrocher ton bac et partir pour échapper à cette racaille ! » « Mais le proviseur, l'inspecteur n'accepteront jamais que je sois payée seulement pour la surveillance de quatre filles ! » « J'en fais mon affaire. Ils t'ont piqué suffisamment d'argent ! Et dis-moi si tu as besoin de quelque chose. »

Je suis à Oran. Akli vient me voir à la cité universitaire, m'invite à déjeuner, un beau dimanche d'automne. Il a fui, lui aussi, le climat délétère du lycée de Béchar. Nous mangeons et rions aux larmes en évoquant nos rages passées. Cet homme-là me réserve une autre surprise de taille. A la fin du repas, ses yeux jettent des éclats de topaze quand il me demande : « Veux-tu m'épouser ? J'aimerais tellement que tu sois ma femme ! » Déboussolée, je mets un moment à me ressaisir : « Je t'aime beaucoup Akli. Et je ne sais pas comment te remercier pour ce que tu as fait pour moi. C'était magnifique. Mais... je ne veux pas me marier. » Ses beaux yeux attristés me fendent le cœur. Akli est kabyle et, lui, c'est un homme libre. Il n'a pas besoin de l'autorisation de ses parents. Mais l'amour ne se décrète pas. Je suis encore trop occupée à m'évacuer des hargnes, des blessures et des interdits sahariens pour tomber amoureuse.

De retour dans ma chambre à la cité universitaire, je suis encore toute à cette émotion. Et je me dis : Ces années terribles au désert m'ont fait le cadeau le plus inestimable qui soit, quelques hommes merveilleux. Quelques-uns oui déjà à vingt ans ! La voix de Barbara se met à fredonner dans ma tête : « Mes hommes. »

Je me balance : Voilà, c'est ça que je veux partager avec eux, les hommes, l'insolence. Le pas de côté qui, soudain, fait que la vie danse !

A Oran j'ai moins le temps de lire en dehors des vacances. Les études, le travail, les amours, les bringues avec les copains.... Enfin ! Je fréquente moins les libraires mais toujours autant les professeurs. Pas ceux de médecine, – trop imbus d'eux-mêmes, déjà fourvoyés dans les manigances du pouvoir – ceux des autres facultés. Des coopérants français encore. C'est à l'un d'eux que je dois l'une des lectures majeures de ces années-là, les quatre tomes d'Yves Courrière sur la guerre d'Algérie, rapportés de France sous le paletot parce qu'interdits dans le pays. La lecture de cette première œuvre d'envergure sur une guerre vécue est un grand moment. Elle me révèle une complexité encore plus importante que je ne l'imagine. Elle vient légitimer, aiguiser le sens critique, le besoin de probité, de démystification du FLN qui m'habitent depuis si longtemps.

Quand vient l'été, il s'en trouve toujours un parmi ces hommes-là qui, partant pour la France, me propose son appartement pour les vacances. Les vacances, je m'arroge le droit d'en prendre maintenant. Je n'ai aucune envie de retourner dans la fournaise du désert. Aux tracas et à la solitude laissés derrière moi. La cité universitaire ferme ses portes jusqu'à la mi-septembre.

Le retour aux libraires, c'est en France. Depuis que je vis à Montpellier surtout. J'y ai découvert « la librairie Molière », tenue par un couple épatant, Fanette et Jean Debernard. Je prends l'habitude de dire à Jean-Louis : « Je vais chez Molière. » Ou : « Peux-tu passer chez Molière ? J'ai commandé tel livre. » Pendant longtemps, je m'y rends discrètement. Je goûte avec recueillement cette atmosphère de petit temple. Un lieu de culte des livres et des écrivains. C'est là que j'ai rencontré Tahar Djaout pour la première fois. Nous nous sommes tutoyés tout de suite, en bons Algériens. Je lui ai expliqué que j'étais en train d'écrire. Tahar m'a tendu sa carte de visite : « Envoie-moi ton livre à Alger lorsqu'il sera publié. Je ferai un papier pour *Algérie Actualités*. Cette promesse se charge pour moi d'une cascade de sens. L'écriture est mon premier retour vers l'Algérie. Je n'y ai pas mis les pieds depuis dix ans.

Fanette et Jean ne savent pas que je me suis mise à écrire. Je couve encore mon secret. Et puis, j'ai un peu peur de paraître ridicule dans cet endroit-là, face à ce grand érudit qu'est Jean. « Il a travaillé pour La Pléiade », murmurent parfois dans son dos ses clients.

J'ai fini ce premier texte, *Les Hommes qui marchent*. J'ai envoyé mon manuscrit par la poste. J'ai essuyé quelques refus. Ces deux phrases toutes faites que les écrivants connaissent. Puis, un jour, Maurice Nadeau au téléphone : « C'est les mille et une nuits ! C'est fort. Mais vous avez le défaut de ceux qui ont tant à dire et qui se jettent pour la première fois en écriture. Vous savez, c'est comme une bouteille de champagne secouée. Le bouchon saute et tout vient. Enlevez les passages qui font verser votre texte dans le document sociologique, ethnologique. Laissez seulement l'histoire de votre famille, c'est bien de votre famille qu'il s'agit ? » « Oui... » « Évidemment ! Laissez seulement ça sur la trame de la guerre de l'Algérie. Et dites-vous bien que ce qui vous tient à cœur, dans ce que vous allez sabrer, vous trouverez à l'exploiter dans d'autres livres. Que vous n'en êtes qu'au commencement de l'écriture. N'ayez pas peur de forcer les traits de caractère de vos personnages. Faites-le et je vous publie. Je vais vous l'écrire. »

Je raccroche. Je suis debout. Je vacille. Je reprends le combiné, m'assieds, appelle Jean-Louis, lui apprends la nouvelle : « C'est magnifique ! » Je ne le laisse pas en dire plus : « A tout à l'heure. Je vais chez Molière. » Il est six heures et demie et je veux arriver à la librairie avant qu'elle ne ferme. J'ai besoin d'en parler avec « mon » libraire, Jean Debernard.

Un éditeur. Un autre commencement du livre !

C'est la première fois que je déboule dans cette librairie droit sur Jean et lui débite mon histoire : « Ah bon ? ! Ça, c'est extraordinaire. Mais je ne savais pas que vous écriviez. Pour moi, vous étiez un médecin qui lit. »

Fanette ferme la librairie, finit de ranger ses divers papiers. Jean et moi restons à discuter à l'intérieur. Il me parle de Maurice Nadeau, lui dresse une statue imposante. Moi je ne sais rien du monde de l'édition. Je sais seulement ce que je ne veux pas : un ghetto tiers-mondiste ou féministe. Pendant que Jean me parle, je regarde les rayonnages autour de nous. A leur sommet, les portraits d'immenses écrivains, épinglés côte à côte, semblent défier le temps.

Je sais que Jean est un homme de foi. D'une foi éclairée. Il croit en « Jésus fait homme ». La première fois que nous avions abordé ce sujet, ses paroles m'avaient fait sourire, moi, l'athée. Peu à peu la conviction de son propos – comme celui de ma grand-mère autrefois – m'avait rendue à l'évidence : c'est le même besoin d'espérer. Ce qui diffère ce sont les perspectives avec lesquelles il est envisagé. Seul ce que les humains en incarnent peut nous rassembler ou nous diviser.

Fanette a éteint les lumières extérieures et celle du fond de la librairie. Je contemple les murs de livres plongés dans la pénombre, les visages des écrivains lus là-bas dans mon désert. Ce soir, « chez Fanette et Jean », c'est mon église à moi. L'un des Hommes qui font exister les livres m'a parlé au téléphone. Je suis en train de devenir écrivain.

J'ai retravaillé mon texte. Maurice Nadeau m'a écrit un mot. Il publie très peu de livres. Il est déjà engagé pour deux titres. Il trouvera « les moyens » de me publier après ceux-là. Entre-temps, *Les Hommes qui marchent* sont acceptés ailleurs. Je n'ai pas la patience, l'élégance, d'attendre monsieur Nadeau. Je ne l'ai jamais rencontré, mais le son de sa voix, ses mots restent gravés en moi. Et quand je pense édition, il est sans conteste le premier homme.

Et Jean Debernard, le premier libraire à me lire avant même que je sois éditée. Il a adoré. C'est le thème de ce livre, mon enfance pendant la guerre d'Algérie, qui va souder notre amitié.

Jean a fait son service militaire en Algérie, non loin de la frontière tunisienne. Il en reste marqué à vie. Il a été de ceux qui ont su dire « non ! » au sein de l'armée. Qui ont désobéi à la grande muette :

« J'étais chargé de fouiller un douar. Il s'appelait Lacroix. Dans deux de ses maisons, mes hommes sont tombés sur des fusils datant de la Seconde Guerre. Ils étaient enroulés dans un tissu avec des décorations françaises. Les soldats ont failli tirer sur leurs propriétaires. Tu te rends compte ! J'ai hurlé comme un malade. J'ai aligné mes hommes et je les ai obligés à rendre les honneurs militaires à ces anciens combattants.

« De retour à la caserne, l'un d'eux a vendu la mèche au commandant, qui m'a ordonné d'incendier ce douar. Au prétexte qu'il représentait un danger potentiel. Une affabulation ! Il n'y avait là que des femmes, des enfants et des vieillards. J'ai dit non ! Je ne le ferai jamais ! » « Te demander à toi de brûler un village de ce nom, Lacroix ! Il pouvait toujours se brosser, en effet. » Ma plaisanterie détend Jean. Il y a toujours en lui ce mélange de colère et de tristesse lorsqu'il aborde ce sujet. L'orgueil de ses refus finit, heureusement, par les dissiper. Jean reprend :

« En douce, avec quelques complices, j'ai fait évacuer le douar, passer la frontière tunisienne toute proche à ces pauvres bougres. Le commandant a voulu me traduire devant un tribunal militaire. Ça a fait un grand coup d'éclat. J'ai exposé calmement tous mes arguments au général. C'était un homme droit. Il avait fait la guerre de 40. Il y avait eu des Algériens sous ses ordres. Cet homme-là m'a sauvé. Dans les pires circonstances, on peut toujours choisir de ne pas tomber dans l'infâme. De rester debout. C'est là que je l'ai appris. »

Mon premier salon du Livre, *Les Hommes qui marchent* ne sortent en librairie que dans vingt jours, Jean s'accorde avec mon éditeur, en commande cent vingt exemplaires pour le salon. Il en parle avec une telle passion à la radio, à la télévision régionale, aux journaux, que le samedi après-midi, tout est vendu. A la place des piles de livres, Fanette met une pancarte indiquant le jour de ma dédicace dans la librairie. Et nous buvons du champagne. Moi, l'inconnue, c'est ce libraire-là qui m'impose à Montpellier. Et de constater à quel point il en est fier redouble ma joie.

Chez Fanette et Jean, cette librairie qui fait angle devient mon repère dans la ville. J'ai besoin de les voir souvent. Surtout après ma séparation avec Jean-Louis, durant la décennie sanglante en Algérie. Lorsque le désespoir me submerge, je vais « chez Molière ». La certitude d'y trouver Fanette et Jean me met du baume au cœur. Et souvent j'ai du mal à les quitter. Accaparée par des clients, Fanette se tourne vers nous : « Allez prendre un pot à côté vous deux. » Jean et moi encombrons l'allée. Fanette nous dira ça de plus en plus fréquemment quand elle sait Jean fatigué, quand il a des soucis, si ma mine l'inquiète. C'est lors de l'un de ces tête-à-tête qu'un jour Jean m'apprend qu'il s'est mis à écrire, lui aussi... La guerre de l'Algérie, évidemment.

Jean est attelé à son troisième livre quand il tombe malade. Fanette m'appelle au téléphone. J'accours. Elle me raconte par le menu. J'essaie de la rassurer. Mais moi, je suis fauchée par cette terrible nouvelle. Et savoir Jean entre de très bonnes mains de confrères, ne me console pas. Je sais que, cette fois, il est condamné. Je monte dans leur appartement voir mon ami.

Cette double peine : la fermeture de la librairie et la mort de Jean. Fanette baisse le rideau de la librairie pour la dernière fois le samedi soir. Jean meurt le dimanche matin. J'ai perdu l'ami, le frère du livre, l'homme qui a toujours su rester debout. Il est parti en emportant avec lui un sanctuaire. Il me laisse un angle mort dans la ville.

L'homme du Canada

Je n'ai rencontré l'homme qu'hier. Mais Jean-Claude m'a déjà confié l'essentiel : sa passion, la peinture. La femme qui vient de le quitter à cause de l'emprise de sa création. Ça me rappelle quelque chose... Les mots de ses couleurs, de sa douleur se télescopent, me déboussolent. Dans cette région de lacs tendus comme autant de miroirs avant la saisie par le gel, son désespoir éveille des résonances profondes en moi.

Je ralentis le pas, observe la longue silhouette du Viking qui marche à mes côtés : cheveux en arrière. Blouson et jean de velours noir. Visage fermé. Jean-Claude me devance, s'arrête, se retourne. Tout s'emmêle, s'irise, m'hypnotise : le bleu de ses yeux, les eaux du lac, le ciel. Les érables qui jettent mille feux.

Pour vaincre mon trouble, je ramasse une pierre, la jette dans le lac. Les ondes qu'elle provoque me paraissent lourdes. Comme lestées par la densité rouille des eaux. Le moindre souffle d'air mitraille des incandescences. Octobre crâne, se saigne aux quatre veines et nargue l'effroi de l'hiver.

Je reprends ma marche vers Jean-Claude. Il m'attend, me tend une feuille d'érable écarlate, me fait un pauvre sourire. Je connais ce sourire. Sa griffe, je la débusque même sur des visages à première vue triomphants. Combien de fois l'ai-je sentie égratigner le mien ? Appel au secours vite balayé par un sursaut, un instinct sauvage. Ébauche de légèreté aussitôt anéantie par l'indissociable certitude que rien ni personne ne sauraient longtemps éloigner la détresse.

Je regarde Jean-Claude, me sens si petite, noiraude, pleine d'insolence, de fougue. Je parle à mon tour de ma rupture avec Jean-Louis. De la tragédie de l'Algérie venue couvrir cette douleur-là. Des assassinats d'amis, de connaissances, d'anonymes, des menaces contre moi, toute cette monstruosité qui m'a rendu les blessures narcissiques dérisoires. De la répétition des drames qui confère un sens aigu à la jouissance de l'instant. Contempler mes fleurs, les jeux de la lumière sur mon jardin, me réveiller chez moi... Les petits faits du quotidien ont pris peu à peu un relief exquis. Je n'ai plus besoin de partir loin. Il me suffit de lever les yeux. De sentir. D'écouter. De me relâcher. Ces beautés mettent une sourdine à la souffrance. Et finissent par l'évincer.

Jean-Claude se désole : « Je n'ai pas cette chance-là. La guerre, moi, elle est seulement dans ma vie. »

Après notre promenade, nous regagnons les chalets où nous logeons au bord d'un lac. Nous y dînons ensemble. Puis nous nous calfeutrons au coin de la cheminée pour continuer notre dialogue. Nous ne sommes que début octobre et les soirées sont déjà très fraîches. Un crépuscule à couper le souffle a brisé le ciel qui se répand en bruine. Une confidence à détremper la rousseur des érables.

Jean-Claude raconte. Il raconte jusque tard dans la nuit. Je l'écoute fascinée. J'ai l'impression de me revoir, trois ans plus tôt, dans sa destruction. Il est le reflet masculin de ce que j'étais au début de ma rupture. D'une voix grave, il met des mots sur tout ce que j'ai tu. Soudain, je me prends à rêver dans le murmure nocturne de la pluie. C'est mon premier jour dans cette terre longtemps désirée depuis mon désert. C'est mon premier abord avec elle et un grand blond me dit son amour, la douleur de la séparation. L'absence...

Ce sentiment fulgurant pour un homme hier inconnu survient hors attente, hors entendement. Il fend ma carapace. Il crépite en moi, énerve le sang, me fait une joie d'enfer. Mais Jean-Claude est enfermé par la douleur. Il est à elle exclusivement. Dans cette guerre qu'on se fait à soi-même, dans laquelle on se détruit sans savoir si c'est de n'être plus aimé, de ne plus aimer, d'avoir aimé... Cette guerre intime qui le place à mille lieues de ce que j'éprouve. Un endroit – ou plutôt un envers – lugubre d'où il m'a fallu tant de temps pour m'extirper. Le revers de l'amour, la dévastation où on sombre seul. Un sinistre d'où la parole, les confidences ne tendent qu'à fouiller nos décombres, les cerner, les serrer au plus près. Il y a comme une délectation parfois obscène, parfois quasi mystique dans cette souffrance-là. Et elle ne se partage pas. Elle garde Jean-Claude inaccessible à ce qui se passe en moi. Elle m'est un repoussoir. Je ne veux plus me faire rattraper par elle.

Pour me raisonner, me consoler, je me dis : « Tu es en train de tomber amoureuse. Tu revis. C'est le plus important. Si ce n'est pas celui-ci, ce sera un autre... »

Allons bon ! Je ne suis pas née du dernier émoi.

La petite voix continue à persifler dans ma tête : « Tu te claquemures pendant plus de trois ans. Tu dis, les hommes, je ne veux plus. Je ne peux plus. Et pour qui es-tu en train de craquer ? Pour ton propre cliché. Ton négatif : tirage grand format, teintes inversées, version mâle de la même inaptitude de l'amour à s'accommoder de création. C'est pitoyable ! Peut-être est-ce parce qu'il est peintre. La peinture reste chez toi un désir inassouvi... Ou bien est-ce la fiction de ton adolescence qui te harponne hors frontières ? Loin des barricades de l'écriture ? Souviens-toi. Ton rêve canadien à partir de là-bas, du fin fond des années noires : troquer ton Sahara contre un autre désert. Un désert de neige. Fourguer tous les moricauds pour un grand blond. Te perdre au ciel de ses yeux. »

Je me souviens... Sauf qu'il n'y a aucune trace de neige dans cet été indien éclatant de 1997. Et l'homme qui me met dans cet état est français – encore un – pas canadien. Sauf que du chaos de mes quinze ans, mon homme des neiges était un titan. D'un éclair de regard, il pulvérisait toutes les noirceurs de mon pays. Rien à voir avec cet échalas au cœur cabossé.

Sauf que mes grands blonds ont d'abord été kabyles, plus algériens qu'eux tu meurs. Sauf que c'est le premier homme pour qui j'ai le coup de foudre, moi qui croyais tout savoir des détours et raccourcis de l'amour. Sauf que maintenant je suis consciente d'une chose : la latitude la plus au nord où je puisse vivre passe par la deuxième rive de la Méditerranée. Les neiges, les cieux plombés, le froid des mois durant... Pas pour moi. C'est en France que j'ai appris ça. Il faut partir pour enfin se trouver. Les nuages tant guettés, espérés là-bas me suffoquent quand ils stagnent en France. Autant que l'azur immuable du désert.

Les propos de l'un des plus subtils journalistes algériens, Noureddine Azzouz, me reviennent à l'esprit : « Ce qui me réjouit vraiment dans vos écrits, c'est que vous avez entrepris d'opposer une galerie de portraits de grands blonds plutôt torturés au mythe de l'Orientale brune et plantureuse véhiculée par la littérature occidentale. J'adore ça ! » A la révélation de l'origine kabyle de mes premiers grands blonds, un index sur les lèvres, il a soufflé : « Chut, s'il vous plaît ne le dites pas et continuez. » Nous en avons ri ensemble. Il est brun, de taille moyenne, mince, les traits fins. A le détailler, j'ai été traversée d'une folle envie : Entendre un homme me murmurer des mots d'amour en arabe. Effet du retour en Algérie. Lubie vite écartée par une évidence : en Algérie les hommes aimés me disaient « je t'aime » en français. Les rares fois où nous nous essayions à l'arabe nous pouffions de rire tant nos mots nous semblaient inadaptés au langage des amants. Nous n'avions lu ni l'histoire de Kaïs et Léïla ni celle de Antar et Abla. Il y a au moins une centaine de mots arabes pour dire « je t'aime », ne cesse de pérorer un certain islamologue, dans les livres anciens certainement. Pas dans notre réalité. Trêve de jactance ! Nos exemples parentaux et sociaux manquaient cruellement de références en la matière. C'était ça la monstruosité ! La langue n'y était pour rien. L'amour était une honte, une obscénité. Les mots pour le dire s'en trouvaient souillés. Alors nous prenions nos modèles ailleurs. Les garçons dans le cinéma étranger. Moi, dans la littérature évidemment. Marquées au sceau de la faute, les plus grandes passions viraient souvent en fausses amours.

Finalement, c'est peut-être ça être d'une langue : ne pas pouvoir dire « je t'aime » dans une autre. Fût-elle celle tétée avec le premier lait.

Je me ressaisis, émerge de l'état hypnotique dans lequel m'a plongée la voix de Jean-

Claude. Il poursuit sa narration de l'effarant apprentissage de l'absence. Il évoque son lit déserté. Je vois le mien. Je l'ai acheté plus grand que le lit conjugal – cassé à coups de hache – avec l'idée, un moment convoitée, de nouveaux ébats amoureux. En réalité, je n'avais aucune envie de partager mon lit. Il me fallait un nid vierge de tout souvenir. C'était ça le besoin vital. Un espace à inaugurer. Le lieu et le temps d'une solitude nouvelle. Alors j'ai entrepris toute une mise en scène pour l'apprivoiser, l'installer dans ce lit et me la réapproprier. J'ai changé les draps, le couvre-lit, les rideaux de la baie vitrée. J'ai repeint les murs. Je me suis acheté une nouvelle lampe de chevet. Une seule. Je n'en ai pas mis sur la table de nuit de l'autre côté. Des piles de livres s'y amoncellent. Je voulais que mon lit illustre totalement mais de belle façon la solitude. J'ai tout apprêté pour elle. Pour ces rendez-vous avec elle. J'ai instauré une sorte de rituel pour y parvenir. Même dans mon sommeil, je ne m'égare jamais vers la place à côté de moi. De sorte que celle-ci reste lisse, repassée. Sans passé. Peu à peu, je me suis surprise à me réjouir à mon réveil de tout cet espace non froissé. Et je m'étire avec volupté comme face à un trophée. J'ai fait place nette à la solitude. Aucun faux-semblant. Pas de dissimulation. Je suis allée au bout de cette ivresse-là. Car c'en est une! Une traversée solitaire des nuits. Des insomnies. Peu à peu, quelque chose du goût des cachettes de l'enfance m'est revenu : cette faculté de dissiper la peine en la noyant dans une douce rêverie. Rien de tel pour faire peau neuve. Les bras d'un autre homme n'auraient été qu'un déboire de plus.

Mon récit semble terroriser Jean-Claude. Soudain, j'ai envie de lui prendre la main. Je suis un concentré de vie. Il a l'air si perdu. J'ai peur qu'il se brise.

Des questions se bousculent que je n'ose poser. Quelle autre blessure réveille en lui cette rupture-là? De quelle autre mémoire se nourrit-elle pour offrir autant de prise au désarroi? Il est tellement élancé et diaphane. Tout le prend à rebours. Même le chambardement de la lumière. Je le regarde. Blond vêtu de noir, la mine défaite, il est un deuil dans ces noces de sang québécoises. Mon cœur cogne dans ma tête. Dans mes veines. Ce désir soudain que j'ai de lui faire l'amour. Je me retiens. Je retiens ce vertige sans le nommer. De crainte qu'il ne m'abandonne.

Je suis au-dessus des nuages. Dans l'avion qui me ramène en France. L'au-dessus des nuages va bien à mon état. A cette sorte de lévitation qui m'a détachée de toutes pesanteurs : le drame de l'Algérie – comme on dit en oubliant que le drame est intrinsèque au pays. Histoire, géographie, climatologie confondues. Le deuil d'un amour qui m'a mise en pièces, disloquée en souffrances innombrables. Enfermée dans la pire misanthropie, c'est moi-même que je ne supportais plus. Parce que cette douleur-là en réveillait de plus anciennes : la multitude assourdissante du désespoir.

Aussi, que je sois partie sans un baiser, sans une caresse ne gâche rien. Sur un chemin, la rencontre d'un homme a évacué les derniers relents de la mélancolie. Je suis réunifiée, rendue aux palpitations essentielles. J'ai reconquis mes espaces intérieurs. L'amour redevient leur firmament.

J'arrive chez moi un peu groggy par mon chamboulement, le décalage horaire, l'attente à Roissy de l'avion pour Montpellier très en retard... Un couple de mes voisins, les seuls, guette mon arrivée pour me préparer à affronter la catastrophe : la foudre est tombée sur ma maison en mon absence. La leur n'a pas été totalement épargnée. Chez moi, sous l'intensité de la décharge, quelques tuiles du toit ont explosé. Le conduit de la cheminée s'est fendu. Tous les appareils électriques ont grillé. Les prises ont valdingué à trois mètres de leur scellement... Ma maison est perchée sur une falaise, entourée de collines où le moindre orage acquiert une intensité tellurique qui me ravit.

Mes chers voisins semblent avoir la berlue face à mon fou rire. Une expression algérienne à propos de l'orage me revient à l'esprit : « Il tonne ici, éclate là-bas et le voilà déjà de l'autre côté de la mer. » C'est bien ça. L'orage m'a ciblée, criblée des deux côtés d'un océan. Mon cœur en déshérence au Canada et la citadelle de l'écriture fermée sur elle-même à Montpellier. Il en a explosé les circuits électriques pour me délivrer de son emprise, me restituer à l'amour.

L'homme du Canada

Le feu à la lettre, à l'être, ainsi soit-il!

L'homme du Canada n'est certes pas conforme à mes rêves d'adolescente. Mais les rêves qui longtemps nous portent ne risquent-ils pas toujours quelque entorse? Entorse ou pas, un autre de mes rêves s'est réalisé : j'ai aimé un grand blond au Canada.

Un fils, une éclipse

L'homme du cercle polaire est un marin qui m'a gavée de coquilles Saint-Jacques qu'il venait de pêcher. D'un seul coup de couteau, il ouvrait le coquillage, virait le couvercle et le corail, tranchait l'anneau charnu, versait dessus un peu de vin blanc et me tendait la coquille. Un festin. Combien en ai-je mangé ? Il riait, en rejetant la tête en arrière. Il était jeune. Très jeune. J'admirais son cou puissant, les boucles dorées qui moussaient en cascade tout le long avec l'envie d'y fourrer mon visage. Ses grands yeux, de la même eau que son océan, ne me quittaient pas. Je baignais avec plaisir dans leur halo, l'absorbais. « The last one. The big one ! » répétait-il pour m'inciter à avaler encore ses fruits de mer. « A qui ressemble-t-il ? » J'étais bien trop occupée à savourer sa présence et ses fruits de mer pour trouver la réponse à cette question qui, parfois, me frôlait l'esprit.

Il ôta son ciré, me le fit endosser. Je commençais à grelotter sans m'en apercevoir. Il me frotta les mains, les épaules, le dos pour me réchauffer en essayant de me convaincre que moi, « the sun girl », j'étais faite pour sa longue nuit islandaise.

Dans ce jour continu de fin juillet, il était plus de dix heures du soir et les rayons du soleil fusaient à travers les nuages allumant d'incandescences les eaux glacées au nord de l'Islande. Impression féerique d'une traversée sidérale. Un lointain où les éthers et les eaux, l'aube et le crépuscule se rejoignaient, s'étreignaient, fusionnaient. Je riais moi aussi, grisée par cette atmosphère irréelle, le vent et le vin et répondais : « C'est magnifique. Mais moi, la lumière j'en ai besoin tout le temps. La chaleur en plus. La vie dans des conditions extrêmes, j'ai déjà donné. » « Juste maintenant ! Juste cette nuit dans le jour ! Tu pars demain. Qu'est-ce qui t'arrête ? Le fait qu'il soit si jeune ? Tu te dis qu'il pourrait être ton fils ? C'est ça ? Est-ce que les cha-

Un fils, une éclipse

grins ont fini par te rendre conformiste ? », râlait une voix au fond de moi.

Non. Je ne suis pas devenue conformiste. Mais je sais trop ce que je peux risquer en une étreinte. Quand l'attrait est si fort. La magie aussi ensorcelante. Nombre de celles que j'avais prises pour des toquades m'ont retenue des années.

Le bateau avait à peine accosté, il n'était pas encore amarré que j'avais déjà filé. Aucune envie de laisser un lambeau de mon cœur dans une terre enchantée quelques jours en été mais invivable, pour moi, le reste de l'année. Une terre « forgée par le feu, sculptée par la glace » disent les guides touristiques. Ni le feu ni la glace, je préfère le climat de ma Méditerranée.

Arrivée dans ma chambre, la tête et le cœur à l'envers, je me laisse tomber sur le lit : il ressemble à Cédric ! Oui, une vague ressemblance.

Au souvenir de Cédric, le fils de mes amis Érica et Gilles, j'éclate de rire. Deux jours avant mon départ pour l'Islande, Cédric arrivait de Genève avec sa sœur, Ariane, et trois de leurs copains. Je sortais d'une garde.

Après le dîner, affalé sur une chaise longue au bord de la piscine de ses parents, Cédric avait allumé un joint et me l'avait tendu : « Une taffe, allez, ça te fera dormir ! » Je ne le privais pas de ce malin plaisir : partager un pétard avec l'amie de ses parents qui, eux, n'en fument jamais. Je m'y adonnais avec application. Son goût n'en était que meilleur sous le regard narquois ou amusé de mes amis. Avait-il forcé la dose ce soir-là ou était-ce l'effet de ma fatigue ? J'ai été soudain prise de nausées et de vertiges. Cédric s'était esclaffé, avait sauté sur ses pieds comme un ressort et, me toisant du haut de sa stature, s'était moqué : « Hé, la toute petite ça peut rendre malade de jouer les grandes ! »

J'avais dû laisser ma voiture chez eux. Gilles et lui m'avaient raccompagnée chez moi. J'ai dormi, oui, mais dans quel état ! « Hé, ne va pas fumer des pétards en Islande ! On ne sera pas là pour te ramener chez toi. Tu risques de te perdre dans les glaces », avait ironisé Cédric au moment des au revoir. « Tu sais bien que je n'en fume qu'avec toi. »

Il n'empêche que ce soir, j'ai l'impression d'avoir fumé tout le soufre de l'Islande.

Un fils, une éclipse

Tard dans la nuit islandaise, le marin avait débarqué, éméché, dans mon hôtel. Il avait ému l'assistance en faisant un raffut de tous les diables, hurlant : «Je veux garder la fille du soleil! Je ne veux pas qu'elle parte!» Le réceptionniste l'avait empêché de venir toquer à ma porte. Bouclée à lire dans ma chambre, je n'ai eu des échos du ramdam qu'au matin. Au moment de quitter les lieux.

Je n'ai pas laissé mon cœur en Islande. Mais je suis revenue chez moi irradiée par ce souvenir. Le rire du marin, le tumulte de son regard. Un beau songe d'été. Un songe qui met les doutes en suspens, installe la saison dans le fantasme. Seul le meilleur peut advenir.

C'est un bel été aussi parce que des amis sont là. Leur présence adoucit les manques, égaie ma vie ensauvagée. Je n'ai plus à me préoccuper de ce que je ferai le soir, assommée d'avoir écrit une grande partie de la journée. Le partage répété des plaisirs de la table, des moments de farniente, de l'affection, me font reprendre conscience que j'ai moi aussi une grande tribu. Mais elle est dispersée de par le monde.

Érica et Gilles sont encore dans leur maison de Montpellier pour deux mois. D'autres amis, Christine et David, eux, sont venus d'Irlande passer quelques jours chez moi. L'oisiveté de tous me gagne, réduit considérablement mon temps d'écriture. Avec ma bénédiction cette fois. J'aurai tout l'automne et l'hiver, leurs jours venteux et rognés pour m'y atteler d'arrache-pied.

Les portes ouvertes de l'été, les désirs des proches mettent la cuisine en fête. La transposent pour partie dehors entre le parasol du micocoulier et le barbecue. La compagnie d'une amie ajoute le piment des confidences aux promesses des préparations. Érica et moi échangeons nos recettes, respirons ensemble les arômes de coriandre, de basilic, de gingembre, de cannelle, de cumin, de carvi... Les « odeurs de chez nous » nous font immanquablement évoquer les saveurs de nos mères. Nos mains occupées à les répandre, nos langues goûtent, se délient de plus en plus. De menus confidences ou de grands aveux se mêlent aux parfums des mets, transcendent l'instant. Christine et Érica sont mes préférées pour cette connivence-là. L'une pour les chroniques littéraires assaisonnant ses plats algériens. L'autre pour les préoccupations à propos du festival de cinéma africain qu'elle essaie tant bien que mal de promouvoir. Son ton radical parfois quand elle tranche : « Nous au Maroc, on faisait comme ça ! »

J'avais connu Érica à la publication de mon premier livre. Elle était venue m'interviewer pour la radio suédoise. Après l'entretien nous avions longuement évoqué l'Algérie et son Maroc natal. Nous nous étions tout de suite invitées l'une l'autre. Puis nous avions pris l'habitude d'aller écumer le midi les tables de la ville et des environs sans nos hommes. Un lien indéfectible. Ce n'est qu'après ma séparation d'avec Jean-Louis que l'amitié avec Gilles a pris son essor pour venir se superposer à celle de sa femme.

11 août 1999, jour de l'éclipse solaire attendu avec un martèlement des médias sur les précautions à prendre. Soudain une ombre pâle sur le jardin fait taire les cigales. Un instant de souffle suspendu avant que l'été ne reprenne ses quartiers.

Mes invités ont décidé de me sortir ce soir. Je choisis un restaurant fameux sur l'étang de

Thau. Par les longues soirées d'été, on y mange en admirant le crépuscule. Une variation de roses et de carmins sur le miroir de l'étang. Le mont Saint-Clair derrière, d'abord doré puis mauve, criblé de scintillements électriques. J'y réserve une table à dîner pour nous cinq. Satisfaits, Christine et David partent pour la plage.

Érica et Gilles arrivent vers seize heures, me trouvent en train de travailler sur mon ordinateur portable sous le micocoulier. C'est mon lieu d'écriture l'été. A l'ombre de ce micocoulier, dans l'air qui doucement fait chatoyer, chuchoter le feuillage, seuls les bonds de branche en branche des écureuils viennent parfois me distraire de ma concentration. Je leur abandonne les amandes sur les arbres pour le spectacle de la frénésie avec laquelle, dressés sur leurs pattes arrière, ils les décortiquent avant de les engloutir. A peine ont-ils fini de ratisser les amandiers que les glands des chênes verts arrivent à maturité. La sarabande des écureuils se déplace dans le jardin avec les saisons. Un rituel s'est établi qui transporte les lieux de l'écriture et le monde animal au fil des saisons.

La veille au soir à table, Gilles avait décidé de menus travaux chez moi : changer des ampoules au pourtour des terrasses, mieux accrocher des plantes grimpantes, couper des branches mortes... S'affairer au jardin lui manque tellement à Genève où ils vivent à présent Érica et lui. Ce qu'il adore par-dessus tout, c'est dérouler le tuyau d'arrosage, le traîner à travers le jardin en s'aspergeant les pieds et le short autant que le végétal. Il y prend un plaisir tantôt rêveur ou recueilli, tantôt turbulent de petit garçon. Assises côte à côte sur la balancelle, Érica et moi suivons du regard sa silhouette dégingandée et pouffons de rire. Il nous jette des regards réjouis. Nous interpelle avec impatience lorsqu'il constate que notre discussion, nos attentions se sont détournées de lui. Il adore être au centre de notre intérêt.

De retour vers les terrasses, Gilles nous apporte des boissons fraîches, jette un œil à son téléphone portable posé éteint sur la table devant la cuisine, le remet en marche, annonce : « Trois appels. Un même numéro. Un numéro en Alsace. Je ne sais pas ce que c'est. Il n'y a pas de message. » « Rappelle ! » ordonne Érica.

C'est le mot Alsace qui nous fait nous lever Érica et moi. Leurs enfants, Cédric et Ariane, y sont en ce moment. Une partie de leur famille y demeure. La mère d'Érica y vit seule. En dépit de son grand âge, la « pharmacienne de Casa » tient avec une irréductible coquetterie à son autonomie.

Nous allons encadrer Gilles à la table devant la cuisine. Il rappelle, blêmit, s'exclame : « Quoi, quoi ? Qu'est-ce qu'il a mon fils ?! » Il souffle bruyamment, arrête son interlocuteur : « J'ai une amie médecin à côté de moi. Je vous la passe. Expliquez-lui. » Les yeux hagards, il me tend le combiné : « Cédric a eu un accident. Il est en réanimation à Strasbourg. » Je prends le téléphone, me lève, m'éloigne, pénètre dans la cuisine. Le chef de clinique se présente : « Écoutez, je suis tellement soulagé que les parents de Cédric soient avec vous. Je ne savais comment m'y prendre pour leur annoncer... Leur fils est mort sur le coup. Sa voiture s'est encastrée sous un camion près de Strasbourg. »

J'ai traversé la cuisine et le hall. Je suis dans le salon lorsque cette terrible nouvelle tombe dans mon oreille. Érica et Gilles parcourent

Un fils, une éclipse

la terrasse, m'y rejoignent. Je me retourne vers eux. Le visage décomposé, le regard terrorisé, Érica s'écrie : « Ne me dis pas que mon fils est mort ! » Je demande à l'autre médecin : « Pouvez-vous me rappeler dans un quart d'heure ? »

Ariane a appris l'accident par la radio locale. Alertée par la description de la voiture, le lieu du drame, elle a téléphoné à la gendarmerie. L'horreur au bout d'une sonnerie de téléphone. L'horreur qui tenaille, ne lâche plus. Pendant ce temps-là, nous, nous riions encore tout au bonheur d'être ensemble dans la douceur de l'été. Ariane sanglote au téléphone. Son frère était son confident, son acolyte. Elle n'avait que lui. Il avait vingt-trois ans. Elle en a dix-neuf.

Ce cercueil. Ce petit cimetière en Alsace. Une chape de douleur en écrase la lumière, défigure les amis, vrille les visages, brise les silhouettes. La révolte comme la colère nous ont désertés. Il ne nous reste que cette hébétude meurtrie.

Je serre Érica dans mes bras. Nous nous étreignons tous les uns les autres. J'essaie de m'accrocher aux paroles lénifiantes du rabbin, moi, l'athée. Sans plus de succès. J'ai l'impression d'avoir perdu mon enfant. J'aime tous les enfants de mes amis. Mais c'est Cédric qui m'a révélé mon instinct, ma fibre maternelle. Sans doute par ce mélange de fragilité, d'audace, de sens aigu de l'analyse, l'ampleur du désespoir toujours agriffé à sa joie de vivre. J'ai été triste lorsqu'il a quitté Montpellier. Et ces dernières années hélas, je ne le voyais pas souvent.

Le cœur écorché, je m'évade. La seule escapade possible de cette cruauté, c'est de retrouver ma complicité avec Cédric. Notre connivence née en 1995 au moment des menaces de mort, quand la police m'avait contrainte à quitter ma maison. A me réfugier chez une amie, Mathilde. Érica et Gilles avaient déjà quitté Montpellier. Cédric, lui, y était étudiant. Il s'inquiétait de moi, venait me rendre visite chez Mathilde, me déchargeait des tracasseries et des lubies de mon ordinateur. Lorsque Mathilde s'en allait se coucher, il allongeait les jambes, posait ses pieds immenses sur la table du salon, grillait consciencieusement son joint. Ses questions revenaient sans cesse sur l'avalanche déclenchée par l'écriture : ma rupture, les menaces... Et sur le chaos de l'Algérie : « Je ne savais pas que c'était si dangereux d'écrire ! » Je répondais : « Moi non plus. » Les yeux dans le vague, il me tendait le joint en chuchotant : « Moi aussi je finirai célèbre... ou en taule ! » Il me jetait soudain un œil farceur et observait ma réaction. Je rétorquais du même ton : « En taule, je t'apporterai des grenades. »

J'admirais son grand corps nonchalant, son expression tantôt espiègle, tantôt sombre avec brusquement l'ombre d'une détresse qui m'intriguait, m'inquiétait. Quels étaient ces assauts ? Cette question m'avait à peine frôlé l'esprit que le regard de Cédric avait déjà retrouvé toute sa malice. Je pensais : un jour il me dira. J'ignorais que la mort allait le faucher au seuil de ses vingt ans. Et je me surprenais alors en ce temps de tourment à me demander : Mon avortement, il y a combien de temps ? de Cédric ? Combien d'années ? Je compte. Je me trompe. Je recompte. Ce n'est ni un sentiment de culpabilité ni du remords. C'est une cicatrice de ma liberté.

Je repense à cette soirée où Cédric et Gilles m'avaient raccompagnée chez moi pour me préserver des dangers de la route. C'est de ça qu'il est mort, lui : la route. C'était hier et soudain c'est maintenant. C'est lui. Lui en terre. Et moi, je ne peux rien !

Cédric était venu de Genève en voiture juste pour le plaisir d'admirer l'éclipse là où on la prédisait la plus belle. Il devait s'en retourner aussitôt en Suisse. Gilles et Érica avaient renoncé à le dissuader d'une telle folie en un seul jour. Une dizaine d'heures de trajet sur les routes encombrées de l'été. Ils ne savaient que trop de quoi était capable ce glaneur de petits plaisirs et de grandes déraisons. Il s'est éclipsé à jamais avec ce délire astral. Il s'est barré dans le vertige d'avoir vu la lune venir faire l'amour au soleil.

Juillet 2001, Érica et Gilles sont en Alsace. Ils viendront me rejoindre un peu plus tard. J'ai chez moi une femme venue des États-Unis qui travaille sur mes écrits. Je veux l'amener dans ce restaurant au bord de l'étang de Thau dont j'avais annulé la réservation le soir de la mort de Cédric. Je n'y avais plus mis les pieds jusqu'à l'été dernier. Gilles avait décidé : « Nous allons dîner là ce soir. J'appelle pour réserver. » Il m'avait jeté un regard entendu. Leur autre meilleure amie, Catherine, était avec nous. Elle était venue en convalescence à Montpellier. De plusieurs années notre cadette, elle se relevait du traitement délabrant d'un cancer du sein. Puis d'une chirurgie réparatrice. Elle était pleine de projets et de passion pour un homme à l'autre bout du monde : un Noir d'Afrique du Sud...

Le téléphone sonne. Je décroche. C'est Ariane, la fille d'Érica et de Gilles. Elle appelle d'Alsace : « Tu as entendu cette histoire de tornade qui a fait s'écraser des chapiteaux sur des spectateurs à Strasbourg hier soir ? » Je sursaute : « Oui. Pourquoi tu me demandes ça ?! » « Papa et maman y étaient. Rassure-toi, ils ne sont pas morts, eux. Mais ils sont en réanimation. » Sa voix est étrangement calme...

Mes amis sont toujours vivants mais ils ont vu la mort de près. Gilles a été sauvé in extremis d'une hémorragie interne. Il a plusieurs fractures du membre inférieur droit et du bassin. Érica, elle, ce sont ses vertèbres lombaires qui se sont brisées. Ils vont être immobilisés pendant des mois. Érica par un corset en plâtre. Gilles par une armature métallique. Gilles, nous l'appelons « l'homme de fer » Érica et moi. Ces mimiques nous font hurler de rire. C'est notre seule parade contre l'inquiétude de cet interminable été dans les odeurs et images fracassées de cet hôpital.

L'été d'après alors qu'ils se relevaient péniblement de leurs multiples traumatismes, des cancers leur ont ravi leur amie Catherine et le seul frère d'Érica, Bernard. Emportés à deux mois d'intervalle en plein rêve inachevé.

Puis un jour, l'été se remet à resplendir. Nous nous retrouvons de nouveau à faire les cigales sous les micocouliers pour oublier que la mort continue à rôder tout près. Gilles boite encore un peu. Il a un pied un peu de traviole. Mais certainement plus de plaisir à s'asperger avec les tuyaux d'arrosage. Érica a le dos raide. Elle doit faire attention à certains mouvements. Elle a appris à composer avec. Nous reprenons même nos chamailleries et le

Un fils, une éclipse

soir venu, nous trinquons avec plus d'ardeur. Résolument à la vie.

Lorsque nous évoquons Cédric, quelque chose remue au fond de moi. Une question s'impose à mon insu : « Ça fait combien d'années ? » Avec l'immédiate conscience de l'intrication de mon interrogation. Deux mots se heurtent dans ma tête, s'imbriquent, s'inversent : fils, éclipse.

Mes plus attachés

Les dialysés sont attachés à « leur machine » en moyenne trois fois quatre heures par semaine. Et trois fois par semaine, nous leur scrutons la mine, les chevilles à la recherche d'œdème, la fistule, le bilan, le poids. « Le poids ! Ce poids, monsieur... madame... » Le ton contrit ou blasé, l'interpellé répond : « Oui, docteur. Mais j'ai tellement soif. Pourtant je me restreins. Si vous saviez. »

Si je le sais ! Je pense souvent à eux en portant un verre d'eau à mes lèvres. Il m'en faut au moins quatre litres dans la journée, moi. Lorsque je m'assieds, il y a toujours un grand verre d'eau à ma portée. Quand je me couche aussi. Et parfois, je dois me lever la nuit parce qu'il ne me suffit pas. C'est depuis l'enfance, depuis le désert, cette soif. Ce symptôme.

Mais nos malades, eux, n'urinent plus. Leurs reins ne filtrent plus rien. Ni les boissons ni les toxines. Tout leur devient poison et guette le moindre écart. Si entre deux séances de dialyse, ils se laissent aller à boire, ils développent un œdème aigu du poumon. Une horreur de noyade interne qui peut les emporter s'ils ne rappliquent pas d'urgence. Ils arrivent alors dans l'effroyable état des personnes en train de s'asphyxier dans le marécage de leur corps. Une écume rosée mousse à leurs lèvres qui essaient désespérément de happer un peu d'air. Il faut faire vite, les brancher rapidement au rein artificiel, sucer leur sang de l'excès de liquide. Peu à peu, le mouvement de leur cage thoracique reprend de l'amplitude, se calme. Nous assistons à la remontée de leur souffle du fond du danger. Et nous respirons mieux, nous aussi, les médecins, les infirmières.

Cette exclamation des patients que l'on vient de greffer : « Docteur, je pisse!! » traduit bien l'ivresse de la délivrance. Une renaissance.

L'autre alarme, c'est le potassium en abondance dans les fruits, les légumes, le chocolat... Son accumulation dans le sang provoque un arrêt cardiaque. Moins dangereux à bref échéance, le déséquilibre du métabolisme phosphocalcique inhérent à leur maladie compromet leur devenir osseux. Ils ont une anémie sévère. L'érythropoïétine, d'abord connue sous le nom d'éprex, l'hormone avec laquelle se dopent certains sportifs, leur est indispensable pour synthétiser un nombre de globules rouges tout juste compatible avec une oxygénation correcte du corps.

Et encore, et encore. De sorte que nos patients ne peuvent jamais oublier leur maladie. Les gestes les plus essentiels à la vie, ceux qui permettent de continuer à la savourer, à la célébrer en dépit de tout : boire, manger, faire la fête, la leur rappellent cruellement. A chaque instant. Et si de surcroît, ils sont diabétiques, un bon quart d'entre eux, s'alimenter se réduit à un calcul draconien. Toute l'existence n'est plus qu'une stratégie qui n'en finit pas de les enserrer, les essorer, les amputer.

Certains survivent seulement. Toujours au bord de la catastrophe. Entre deux urgences. Ceux-là nous vissent dans la vigilance, l'inquiétude, l'exaspération. D'autres s'appliquent une discipline drastique et quêtent l'assentiment avec un petit air victorieux : « Vous avez vu, docteur ?! »

J'ai vu. Et leur visage joyeux me réjouit.

Nous les connaissons de longue date. Nous n'ignorons rien de leur situation familiale. Nous avons traversé bien des épreuves ensemble. Nous formons une sorte de troupe de tragédiens condamnés à jouer, éternellement, in vivo, la même scène. Sans spectateurs, jamais. Nos théâtres, deux grandes salles d'une douzaines de postes de dialyse chacune, une troisième de six. Nos représentations, trois séances les lundis, mercredis et vendredis. De sept heures du matin à minuit. Deux séances les mardis, jeudis et samedis. Entre sept heures et vingt heures. Le dimanche est le jour du Seigneur même pour les dialysés. Par « série » les patients viennent se faire brancher à ce cordon ombilical qui épure leur sang. Ils tiennent le même rôle décliné selon les tempéraments, l'état du corps. Un grand écart parfois. Cependant leurs propos sont tellement remâchés que

Mes plus attachés

nous, médecins, les metteurs en scène en somme, et nos auxiliaires, les infirmières, traquons plutôt l'inhabituel – amélioration ou détérioration – le sens du dérapage. Notre décor, une armada de générateurs, le nec plus ultra de l'électronique, bardés d'alarmes qui se mettent à sonner, à clignoter à la moindre petite anomalie : baisse de la tension, du débit sang... Malgré toute sa sophistication, l'aspect routinier de la dialyse s'ajoute aux contraintes de présence et finit par être lassant pour le médecin. Il y a heureusement d'autres volets de l'activité du néphrologue : le secteur de l'hospitalisation – où sont admis des patients « du dehors ». Mais aussi nos dialysés en cas d'infarctus, de cancers, de diverses autres pathologies. La chirurgie qu'elles peuvent exiger... – la réanimation, la consultation... Et nous sommes quatre néphrologues à nous relayer aux tâches les plus usantes.

Évidemment c'est avec les dialysés que nous avons la plus grande intimité. Et parfois au milieu des ronronnements des générateurs et du cortège de jérémiades, viennent s'incruster, impromptues, des pièces d'un burlesque qui soulève une crise de fou rire dans toute la salle : « Docteur, j'ai tellement envie d'aller à Walt Disney. Heureusement qu'il y a le TGV maintenant. Je serai revenu à temps pour la dialyse. Et puis, si je fais un malaise, je peux toujours arrêter le train. Tandis qu'un avion, c'est pas possible ! » Confondant l'éprex, l'hormone qui corrige l'anémie, avec les remèdes des perturbations phosphocalciques, un jour un patient nous déclare, péremptoire, avec ce fort accent catalan : « J'ai besoin de l'express car j'ai les os disqualifiés ! » Ses os décalcifiés sont « disqualifiés ». Forcément. Un autre s'est fait une « friction à l'alcool mortifié » pour dire alcool modifié. Celui-là nous annonce avec lassitude : « Il faut que je me fasse tirer le portrait pourquoi que ma carte d'identité elle est déprimée. » Le ministre de la santé devient « le sinistre de la santé » dans la bouche de tel... Lapsus ou défauts de langage, leurs mots traduisent un quotidien entravé, souvent délabré... Mais de nous voir rire aux larmes les rassure. Ils finissent par s'esclaffer aussi : « Docteur, je suis vivant. C'est le principal. »

Vaille que vaille, le principe de vie s'accommode de bien des pertes.

La totale dépendance du corps médical pendant des années, l'habitude imposée d'avoir à s'ausculter en permanence devient une manie sans exclusive chez quelques-uns des « grands chroniques ». Râleurs ou geignards ceux-là nous assènent, à chaque séance, la litanie de leurs moindres gestes et sensations durant les quarante-huit heures séparant deux dialyses : « Docteur, j'ai eu des gargouillis dans le ventre, des pets qui sentent la charogne, une petite contraction là, je me suis gratté à cet endroit, j'ai été de mauvaise humeur, bizarre, je n'ai pas bien dormi, j'ai fait des cauchemars... » Le cauchemar, la calamité, c'est lui. C'est elle. Impossible d'arrêter sa logorrhée. Je me détourne en réprimant mon irritation. Cela n'interrompt pas l'énumération lancée en boucle. Je me dirige vers un autre patient. Seule me sauve l'exclamation joviale de l'un de ceux que je nomme les « malgré tout » : « Ça va très bien docteur ! Et vous ? Avec cette jupe vous avez l'air d'une reine. Avez-vous des nouvelles de votre pays ? »

Tard le soir, lorsque les salles de dialyse se vident, que cessent enfin le ronron et les alarmes des machines, dressés à proximité des fauteuils ou des lits, les générateurs semblent garder les lieux sous la tension, la conspiration électronique. Ils ont l'air fermés sur l'arrogante certitude : « Sans nous vous êtes morts. A demain. »

Mes patients savent que j'ai une autre passion qui m'éloigne d'eux. Que je ne peux pas être médecin à plein temps. Ils ont toujours peur que cette activité-là me prenne à eux. Peur de ne pas me voir revenir. Il y a autant de femmes que d'hommes. Et s'ils requièrent tous la même attention du médecin, j'aime que les compliments des hommes me fassent rester femme dans ma blouse, dans cette fonction. J'aime constater qu'en dépit de tout ce qui asservit leur vie, ils gardent ce pouvoir de séduction. Leurs yeux s'allument à mon apparition : « Docteur, vous voilà enfin ! Vous êtes belle ! Quand c'est qu'on va vous voir dans Le Journal – il n'y a d'autre «Journal» pour eux que *L'Indépendant du Midi* – à la télévision ? » Et ce Catalan espagnol qui vit de ce côté-ci des Pyrénées depuis toujours sans parler un mot de français : « Ah, la guapa [1] ! » A son exclamation qui passe de : « La doctora que me quita el dolor » à « La doctora que me quita la pena. », je comprends qu'il va mieux.

J'essaie de me racheter en leur accordant le maximum d'attention. J'ai besoin de les toucher, de leur prendre la main, de m'asseoir, quand je le peux, au bord de leur lit, de m'inquiéter de leur vie hors dialyse. Et lorsque je me sens d'attaque, rien ne m'amuse autant que de parvenir à arracher quelques mots de gaieté, un peu d'humour aux plus grincheux. Mais ils sont si nombreux et avec tellement de problèmes.

Certes, il m'arrive de penser à mon père en tenant la main d'un vieux malade : Ça fait combien de temps que j'ai envoyé les médicaments ? Quand faudra-t-il que je le refasse ? Des médicaments qui manquent là-bas. Qui passent par tout un réseau d'amitiés pour parvenir à mon père. Dans le désert. Les colis restent problématiques. Je ne confonds pas mon père pour autant avec cet

---

[1]. Jolie.

homme. Celui-là, je le soigne. Cet homme-là, je lui parle. Il est un autre. Et il est plus proche.

C'était comme ça aussi quand l'Algérie était à feu et à sang. Je ne substituais pas mes patients aux Algériens que je n'assistais pas là-bas. Etre parmi ceux-là, m'empoigner avec leurs problèmes, m'aidait à décrocher de tout le reste. Mes patients me sauvaient du désastre algérien. Ils me permettaient de prendre un recul nécessaire par rapport à l'écriture. Pour mieux y replonger à corps perdu ensuite.

Pendant six ans, je m'étais occupée des Maghrébins [1] parce que je suis plus sensible, plus accessible à leur détresse. Parce que bon nombre ne peuvent même pas expliquer leur souffrance faute de parler français. S'ils représentaient la majorité de mes patients, ma clientèle comportait, évidemment, un panel de chacune des communautés du quartier. Lorsque j'ai pris la décision de revenir à ma spécialité, j'ironisais à l'adresse de quelques copains : « Je retourne au rein artificiel,

---

[1]. Voir *La Transe des insoumis*.

à l'épuration du sang pour m'éviter la dérive vers l'épuration ethnique. »

Quand j'ai annoncé à ces mêmes copains, français, que j'allais exercer à Perpignan, ce sont eux qui se sont écriés : « Tu vas travailler chez les Catalans ! Il n'y a pas plus chauvins ! » S'ils sont fiers de leurs origines, mes Catalans ont autant de chaleur dans le cœur que de sons rocailleux dans la voix.

Celui qui n'est jamais venu

Je suis sur mon petit nuage mais sursaute à chaque sonnerie de téléphone. Ce n'est jamais l'homme du Canada. Mes amis aimeraient bien en être ravis : « Oui, mais si cet imbécile ne comprenait pas à quel point tu es amoureuse ?! » Je réponds invariablement : Ce n'est pas ça l'important. L'essentiel est que je le sois. Ça ne convainc que moi.

C'est vrai ! Depuis si longtemps que mon cœur était en berne. J'avais fini par croire que les assassinats en Algérie, les dangers provoqués par l'écriture et toutes mes ruptures m'avaient saignée à blanc, flanqué un cerveau, un corps de robot. Définitivement. Je n'étais plus qu'une machine à soigner, à écrire. Une tension à fabriquer du sens entre trois dévorations : l'écriture, le chaos algérien et la médecine. Aussi l'inquiétude de mes amis est-elle loin d'entamer ma joie. J'aime. Le désespoir ne m'a pas éteinte. Je suis plus vivante que jamais.

J'endure l'œil inquisiteur d'un expert venu évaluer les dégâts de la foudre dans ma maison. Il tourne, tergiverse, évalue une vétusté au point que je me demande si les appareils électriques en question ne fonctionnaient pas seulement par pitié pour moi. Si la foudre n'a pas été une grâce générale. Qu'importe, mon cœur se grise tout seul comme un rossignol. Je me sens toute neuve dans ma peau d'amoureuse. Changer le matériel grillé par la foudre me raccroche à mes murs. Je m'y consacre, déploie des trésors d'entrain pour essayer de poser enfin les pieds sur le sol. En vain. Je continue à planer en proie aux dualités de l'état amoureux : cette plénitude inséparable du manque. Cette exaltation qui brûle, consume le dedans. Alors que cet amour-là a rejoint, avant de s'assouvir, le cosmos des absents.

Rien de tel cependant que les premiers assauts de novembre contre mon jardin pour me faire regagner mes pénates, me visser à mon clavier. Couvée par les ronflements de ma cheminée, je jette un œil à la dérobée sur l'effeuillage des micocouliers. Leur robe cramoisie à leurs pieds, ils ont l'air de carcasses effarées et frissonnantes. Ils sont les derniers à tomber leur défroque, la lâchent d'un coup et plantent leur nudité dans la lumière pénétrante de novembre sonnant l'hallali. Côté nord de la maison, les chênes verts – de feuillage persistant évidemment – étalent leur panache avec arrogance et mitraillent le sol, les terrasses, les toits, d'une pluie de glands éjectés à la face versatile des saisons.

Soudain, mon jardin me paraît l'illustration de rivalités, de défaites et de triomphes terriblement humains.

Le bruit des glands sous les pneus de la voiture, contre les pierres de l'entrée, m'a toujours rappelé celui des sauterelles sous les pas là-bas dans le désert. Le même son de cosses brisées sec. Je détourne les yeux pour ne pas voir la blancheur évidée. Avec un haut-le-cœur, je lève la tête, inspecte la charge des frondaisons. Combien de temps encore à subir leurs mitrailles ? J'oublie complètement cette calamité en me rendant compte que le feuillage de l'un des arbres séculaires est en train de virer au cramé.

J'en cueille un bout de branche, me précipite chez un horticulteur, reviens avec un remède, creuse une saignée dans le tronc. J'ai sauvé comme ça deux de mes micocouliers il y a douze ans.

Les jours qui raccourcissent rallongent le temps de l'écriture. La solitude s'en repaît. Elle a tant à y parcourir, retrouver, inventer : c'est peut-être ça la métamorphose induite par l'homme du Canada : renouer avec le plaisir dans l'écriture aussi. Même dans la tourmente. Me laisser aller au don de chaparder le meilleur d'ici, de là-bas, des ailleurs avec le même appétit que celui cultivé par la bouche d'écart en exil. Un double pied de nez aux ruptures et aux désastres.

Sa voix au téléphone, c'est tout le flamboiement des érables qui s'engouffre dans ma maison. Il dit qu'il viendrait bien me rendre visite en décembre. Qu'il a de belles photos de moi en ombre chinoise sur le feu des

Celui qui n'est jamais venu

forêts. Pourra-t-il peindre dans ma maison ? Oui, oui, bien sûr. Il y a de l'espace. Il ne m'en faut pas tant pour gamberger de plus belle et tirer des plans sur la comète. L'imaginer en train de peindre chez moi n'est pas la moindre des projections. Un autre mode de création dans le bastion de l'écriture. Une forme de gémellité qui viendrait s'offrir en miroir. Les yeux, l'expression d'une autre sensibilité comme une percée dans le silence des mots. Tout ça augure la plus achevée des complicités.

Ce sont les mots de l'immense peintre algérienne, Baya, qui avaient réveillé en moi ce désir. « Qu'il doit faire bon peindre ici ! » Je l'avais invitée au printemps dernier, lui avais organisé une exposition à Agde puis à Montpellier. « Tu peux rester y peindre. Cela me ferait plaisir. » Elle ne le pouvait pas. Elle avait une fille handicapée à charge. Elle est retournée à sa peinture luxuriante là-bas à Blida en plein cœur du triangle de la mort.

Cependant plus que dans une histoire d'amitié ou d'admiration, c'est avec un homme et en amoureuse que l'expérience me semblait pouvoir atteindre son plus haut accomplissement. L'amant dans *L'Interdite*[1] était médecin et peintre. C'est dire l'ancienneté de cette aspiration.

Ce que l'on nomme le hasard n'est que le fruit, parfois masqué, inconscient, de nos aspirations.

Je me libère pour les fêtes de fin d'année, me mets à les attendre avec une impatience fiévreuse. Auparavant, leur seule perspective me foutait le cafard. Je calais mes gardes de médecin à ce moment-là. J'opposais les détresses, les survies individuelles aux liesses familiales. Une façon de retailler à vif la solitude quand la souffrance est encore inapaisée. De me punir de n'être plus aimée.

Jean-Claude ne viendra pas. Au dernier moment, il évoque une somme de soucis : traites à payer, illustrations à livrer de toute urgence pour y faire face... J'interprète : « Il a peur de toi ! » D'ordinaire, j'aurais fanfaronné : je ne suis ni une vamp ni un laideron. Et surtout, les mecs qui ont la trouille des nanas de caractère, les chiffes molles, je n'en ai que faire. Mais je suis si mordue que j'évoque son propre désarroi et lui trouve

---

[1]. Grasset, 1993.

mille circonstances atténuantes. Après tout, qu'est-ce qui m'a happée en lui ? L'image de l'homme terrassé par la douleur. Mon image au masculin. Comment oublier que moi, je reste encore incapable d'assumer une liaison ? Lui, il n'en est qu'au début. Au plus ardu. Mais n'aurais-je pas rendu les armes si un amour tenace était venu m'assiéger ?

Quand le désespoir fend sur moi, j'appelle mon amie Mathilde. Elle, elle vient toujours. Je lui raconte et nous nous noircissons au whisky devant la cheminée. Je lui raconte. Beaucoup passionnément cet amour du pas du tout. Avant de me quitter Mathilde propose : « Tu ne vas pas rester seule pour les fêtes. Viens avec moi chez ma mère. » « Non. Je ne veux aller nulle part. »

J'écris à Jean-Claude et passe les deux dernières semaines de décembre seule, attelée à mon roman. Et à cuver mon chagrin.

« Elle est trop belle ta lettre. Je ne sais pas comment répondre. » « Fais-moi un dessin ! » Il rit de ma réplique. C'est au moins ça. Des mois plus tard, nous nous retrouvons à Paris. Il déroule une aquarelle devant moi. Je découvre ma gueule rayonnante, les yeux irradiés de lumière : « Que c'est beau ! » « C'est parce que tu es belle. Ça va me manquer... Mais je l'ai peinte pour toi. »

Il dit qu'il a rencontré une fille. Elle voudrait bien un enfant. Il ne sait pas. Il ne sait rien. Je vois bien qu'il est encore en perdition.

Peindre pendant que j'écris est la seule procréation que j'aurais attendue de lui. Des œuvres, des œuvres, oui. Les enfants, les enfants, les enfants, quel massacre mes aïeules ! Moi je me contente de prendre quelques hommes dans ma vie. J'ai répudié Allah et tous vos saints pour des compagnons aux antipodes de leur misogynie. J'entends célébrer l'existence différemment. En femme libre. En aimant. Que toutes les mamans me le pardonnent, mais des rôles d'une mère, là-bas, je n'en ai jamais perçu que les servitudes, les privations. Et la vindicte avec laquelle certaines se sont acharnées à arracher leur fils de mon lit au risque de le rendre malheureux.

De retour chez moi, je pose l'aquarelle sur la table du salon. Mon air réjoui m'insupporte. Je planque le portrait pour ne plus le voir et me gendarme : « Ah, non ! Tu ne vas pas encore avoir mal. Tu vas l'oublier ! Il prétend que ton visage va lui manquer... Mais tu l'impressionnes. Tu détestes ça. Qu'attendre d'une histoire qui foire d'emblée ? Il vaut mieux en inventer. Ta solitude t'est trop précieuse pour la solder à n'importe quel prix. Le chagrin ça suffit ! »

L'écriture redevient l'espace de toutes les résistances.

A la sortie de l'hiver mon chêne agonise encore. En désespoir de cause, je fais venir un spécialiste. Il tourne autour, fait une scarification, fronce les sourcils : « On dirait qu'il a pris la foudre. » « La foudre est tombée sur ma maison... » « C'est bien ça. Elle est tombé sur ce chêne. La maison a pris les restes. » « Et qu'est-ce que je peux faire ? » « Rien, absolument rien à part le débiter et finir de le brûler dans votre cheminée. »

Le beau chêne vert a longtemps fait ronronner mon âtre. La vie en somme n'est qu'une histoire de combustion et de digestion éternellement recommencées.

Voilà deux ans que je cherche mon portrait fait par l'homme du Canada sans parvenir à remettre la main dessus.

Je perds. J'égare. Mais je ne veux pas le savoir.

Le registre de mes pertes serait hilarant n'était sa dérision. J'ai perdu l'acte de mon divorce. Je retourne ma paperasse de fond en comble sans le retrouver. Je sais qu'il se cache quelque part dans la maison. Je m'y recolle à plusieurs reprises. Des après-midi entiers. En vain. Peu de temps plus tard, je perds ma carte d'identité française dans un avion. Il y a belle lurette que j'ai envie d'y faire enlever la mention « épouse de ». Je ne peux rien rectifier sans l'original de l'acte de divorce. J'ai toujours eu des pertes symboliques, stratégiques, moi qui ne me perds jamais dans les dédales de la vie. Dans le manque de repères de l'inconnu.

Ai-je besoin d'une identité encartée, cartonnée ? Un passeport me suffit. J'aime ce mot, passeport. J'ai même deux passeports. L'un vert pour l'Algérie. L'autre grenat pour la France et le monde. Un doublon pour passer les mers et les terres sans encombre. Changer de passeport pour échapper aux meurtrières.

Je me suis gardée de faire modifier mes papiers juste après mon divorce en 95. Une année de tous les dangers pour moi. Nombre d'écrivains prennent des pseudonymes pour leurs publications, moi j'ai utilisé un pseudo, le nom français de mon ex pour rentrer en Algérie en 96. Je préférais et de loin encaisser le regard, les propos ulcérés des flics algériens plutôt que d'encourir le danger intégriste.

J'ai perdu un texte sur mon père. Un texte écrit une nuit d'étoiles filantes en août 93. J'ai passé toute la nuit à l'écrire dans le cockpit du bateau. Au petit matin, Jean-Louis est venu me regarder effaré : « Tu n'as pas dormi du tout ! » Je me suis jetée dans l'eau. J'ai nagé. J'ai bu le café qu'il m'a préparé. J'ai rangé mon cahier. En rentrant chez nous, je l'ai fourré je ne sais où. Combien de fois ai-je fouillé partout sans succès. J'ai dû le réécrire pour l'insérer dans ce livre.

J'ai perdu mes lunettes dans l'avion lors de mon premier retour chez mes parents après vingt-quatre ans d'absence. Sans doute pour laisser un peu de flou, ne pas tout voir d'un coup..

Je pourrais continuer longtemps cette liste. Passe encore pour ce qui disparaît lors des déplacements. Mais les choses, les documents importants qui, dans ma maison, persistent à se dérober me laissent songeuse. J'ai pris le parti de ne plus les chercher. Un jour ils réapparaîtront à l'improviste. Comme l'amour. L'amour non plus je ne le cherche pas. J'ai réappris à vivre sans.

Le prochain amour

Onze ans déjà que je suis seule. Vous, l'inconnu, qui allez peut-être faire irruption dans ma vie, sachez qu'il vous reste treize autres années pour prétendre rivaliser avec l'absence de mon père.

Maintenant je le vois, mon père. De temps en temps, je vais l'embrasser là-bas, dans son désert. Il ne cesse de me caresser les mains, de me murmurer « bénédiction », « pardon ». J'aurais préféré qu'il me dise « Je t'aime », qu'il s'inquiète de ma vie si loin de lui. Ma vie qui le dérange. Il persiste à ignorer.

Tout ce qui n'est pas dit est si lourd qu'il m'arrache à lui à peine arrivée. Je ne peux pas rester. Je ne fais que passer, traverser ce mutisme.

Nous ne serons jamais intimes. J'en ai pris mon parti.

Je m'en retourne avec le sentiment d'une liberté blessée. Après cette confrontation, la solitude m'apaise, me restitue à la plénitude. Ai-je trop repris goût aux dérobades, aux repaires sauvages ?

Je vous croise. Mais je ne sais plus vous reconnaître.

Étiez-vous l'homme du bar de Gijon ? Une vendeuse de fleurs y est venue à moi avec un bouquet de roses rouges. J'ai fait un signe de tête en guise de refus. Elle a ri, me les a tendues, vous a désigné. Je vous ai aperçu accoudé à l'autre bout du comptoir. Grand, brun. Pas mal à première vue. Vous avez observé ma réaction par-dessous une longue arcade de sourcils noirs, esquissé un sourire. Mes yeux se sont reportés sur le bouquet. J'ai eu un mouvement de recul. Pourquoi ? J'ai levé les mains d'un air navré avant de tourner le dos à l'offrande. Je n'avais rien contre vous. Je ne vous connaissais pas. Depuis l'enfance, le refus est un instinct. Les rebuffades de l'amour l'ont transformé en barricade.

J'étais avec deux éditeurs espagnols et quatre auteurs sud-américains. Il n'y avait aucune ambiguïté. Aucune ébauche de séduction susceptible d'accaparer exclusivement mon attention. J'étais bien avec eux. Simplement. Avec cet intérêt réciproque qui fait retarder le moment de la séparation. Après un dîner à l'heure espagnole, l'un des auteurs a entraîné notre groupe vers ce bar cubain repéré dans l'après-midi.

J'ai mouillé de salive la pulpe de mon index, pioché quelques grains de gros sel, les ai léchés, frappé ma tequila sur le comptoir. Je ne suis pas arrivée à l'avaler cul sec comme les autres. Ça les a fait rire. Je m'en suis amusée. Puis je me suis laissée aller à danser aux rythmes endiablés de ce bar sur le port de Gijon.

Je vous ai complètement ignoré. Vous n'êtes pas venu m'importuner.

Qui étiez-vous ? Un marin peut-être. Vous en aviez l'allure. Peut-être étiez-vous encore sous l'emprise d'une grande traversée. Encore dans ce tournis qu'on trimbale à terre après des jours de navigation. Pourtant j'aime tellement les ports et les hommes de la mer. Le seul fait d'arpenter un quai m'enivre. Et les premiers tintements des haubans de voiliers m'emportent le cœur.

Mais après des années de traversées à deux, en amoureuse, je me surprends à rêver d'aller affronter les océans en solitaire.

Je n'ai même pas essayé de savoir. Juste ça. Encore heureux que je ne me sois montrée ni arrogante ni méprisante – mais n'est-ce pas une forme de mépris ce désintérêt total ? Et pour qui ? Quoi qu'il en soit, loin de constituer une circonstance atténuante, ce détachement aggrave mon cas. Et ma consternation. Tard dans la nuit, j'ai quitté le bar sans un regard pour vous. Je vous ai effacé de mon esprit dès l'instant où j'ai renvoyé vos fleurs. J'ai regagné mon hôtel avec l'espoir de pouvoir dormir un peu. Seule. Je n'étais pas amoureuse.

Il n'y avait aucun homme dans ma vie depuis si longtemps.

Comment avez-vous perçu ma réaction ? Offense imméritée ? Simple maladresse ? Désinvolture ? Vous avez osé ce geste alors que

Le prochain amour

j'étais en groupe. Vous ignoriez la nature de nos relations. J'aurais pu au moins saluer votre témérité.

Hélas, ces questions ne m'ont assiégée que quatre ou cinq jours plus tard. A mon retour chez moi. Dans mon sanctuaire. Là, la scène a soudain percé ma mémoire. S'y est rejouée au ralenti. Mais avec une acuité qui n'a d'égale que la profondeur de l'amnésie derrière laquelle je me retranche parfois. Une bombe à retardement qui m'a acculée au constat de mon absurde comportement.

Comme j'aimerais vous revoir un jour dans ce bar à Gijon et prendre un verre avec vous. Et si vous êtes marin, le comble du bonheur serait que vous m'emmeniez en bateau.

Étiez-vous l'homme du train Milan-Venise ? J'arrivais de Turin avec une amie. Vous êtes monté à Milan. Vous m'avez détaillée avec une suave application tout en ôtant lentement votre pardessus. Vous dégagiez une telle sensualité ! Grand, châtain, vêtu d'un costume de lin beige. J'ai admiré votre lenteur, votre décontraction, votre élégance. Je vous ai trouvé beau. Vous avez jeté un coup d'œil à votre ticket avec une petite moue contrariée. Votre place était sur la même rangée que moi, de l'autre côté de l'allée. Dès que le train a redémarré, vous vous êtes levé pour occuper le siège resté vide en face de vous. Vous vous y êtes carré à votre aise et vous m'avez souri, comblé de m'avoir de nouveau dans la volupté de votre regard. Vos yeux me disaient qui êtes-vous ? D'où venez-vous ? Je veux vous connaître. Je vais vous connaître. J'aimais ce langage persuasif et caressant. Cet étonnement de la rencontre soutenu par la certitude patiente de son dénouement. Vous me troubliez tellement que je me suis détournée.

Mon amie qui observait votre parade s'est mise à me taquiner. Vous rendant compte que je n'étais pas seule, vous avez sorti de votre cartable les épreuves d'un livre et vous vous êtes mis à les corriger. « A ton avis, est-ce un écrivain ou un éditeur ? » a demandé mon amie. Je n'en savais rien. Ce dont j'étais sûre c'est que vous faisiez mine de réfléchir à ce texte en me fixant. C'était en avril, une fin d'après-midi et, sans même plus avoir à me tourner vers vous, je voyais le reflet de votre

Le prochain amour

visage dans la vitre de ma fenêtre. Couvée par vous, bercée par le train qui se coulait dans les lueurs rasantes du crépuscule, je goûtais le ravissement de cet instant suspendu.

Notre manège a duré longtemps.

Mon amie et moi nous faisions face. Chacune avait à son côté un autre voyageur. Vos yeux rivés sur moi, mon bouleversement, ces obstacles entre nous... Je n'ai plus supporté. J'ai dit à mon amie : « Allons fumer une cigarette hors du wagon. » A peine y arrivions-nous que le train entrait en gare de Padoue. Nous avons saisi nos valises restées à proximité de la porte et sommes descendues. Du quai, j'ai vu la surprise vous faire bondir à la fenêtre, tendre vers moi vos mains ouvertes avec une mine catastrophée. Je pense que vous n'avez pas douté un instant que je me rendais à Venise. Que vous projetiez de m'aborder à l'arrivée. C'était un jeudi. Je passais la nuit à Padoue avant de continuer vers Venise le lendemain. Je vous ai souri et j'ai hâté le pas vers la sortie. Le train s'est ébranlé. Vous aviez toujours les mains ouvertes et cet air désespéré. Et moi un pincement au cœur.

Savez-vous que j'ai marché quatre jours dans Venise en guettant votre silhouette ? J'espère que vous n'étiez pas en train de me chercher dans les rues de Padoue.

Étiez-vous ce constructeur de navires croisé un soir dans un avion entre Paris et Montpellier ? J'arrivais de loin. J'avais à peine eu le temps de changer de terminal à Roissy. Vous vous êtes levé pour me permettre de gagner le siège à côté de vous. J'ai dit merci sans vous regarder. Un grand décalage horaire m'embrouillait la tête. Malgré la lassitude, j'étais avide de nouvelles. J'ai demandé à l'hôtesse les quotidiens du pays. Elle n'en avait plus. Vous, vous en aviez trois : « Voulez-vous ? » m'avez-vous demandé en me tendant *Le Monde*. J'ai redit merci. Mais cette fois, j'ai vu vos yeux d'un bleu inouï, votre visage taillé à la serpe. J'étais en train de parcourir les pages du journal avec fébrilité quand soudain une inquiétude m'a assaillie. Je me suis tournée vers vous : « Est-ce qu'il y a eu des orages à Montpellier ces temps-ci ? » « Je ne sais pas. Je n'habite pas Montpellier. Pourquoi ? » « En automne les orages y sont violents. Un jour, la foudre est tombée sur ma maison en mon absence. » Nous avons échangé quelques mots. Puis, après un moment de flottement, vous m'avez dit : « Il me semble connaître votre visage mais je n'arrive pas à savoir qui vous êtes. » J'ai fait un geste vague de la main et, pour éluder la question, j'en ai posé une autre : « Qu'allez-vous faire à Montpellier ? » « J'y vais rencontrer des chirurgiens pour la conception d'un bloc chirurgical sur un navire de guerre. » Ça m'a complètement ôté le brouillard de la tête. Mais à peine avons-nous eu le temps d'en discuter un moment que nous étions déjà dans le hall de l'aérogare de Montpellier. En marchant à vos côtés, j'ai pu contempler le raffinement de votre mise, la finesse athlétique de votre corps, votre pas élastique. « Puis-je vous raccompagner ? Une voiture vient me chercher. Je pourrais attendre devant votre porte que vous soyez rassurée sur l'éventualité de dégâts d'orage. » « Merci. J'ai ma voiture au parking. » Vous avez ralenti le pas visiblement déçu et avez hésité à ajouter autre chose. Je ne vous en ai pas laissé le temps. J'ai dit bonsoir. Puis, je vous ai planté là et j'ai foncé vers l'extérieur en direction des taxis. Je ne laisse pas ma voiture au parking de l'aéroport lorsque je pars pour une longue durée.

Dans le taxi je me suis grondée : « Pourquoi ai-je fait ça ? C'est un grand marin, subtil, brillant. Pourquoi ces rétractions face à ces rencontres au hasard des voyages ? Lorsqu'il n'existe aucun a priori ? Mais les remontrances ne traversent jamais mon esprit que lorsque je ne peux plus faire machine arrière.

Je pourrais continuer indéfiniment cette liste de fuites. Peut-être que je ne vous vois pas parce vous n'existez pas. Vous n'existez pas parce que j'ai peur d'aimer.

Un coup de foudre m'a occupée pendant deux ans. Un coup pour rien. Des sentiments brûlants et du vent. L'appel à l'amour qui reste sourd. Une belle envolée pourtant... Me suis-je mal ramassée en retombant ? Depuis, les hommes susceptibles d'ébranler ma solitude, je les investis de mon amitié, les somme de n'en pas dévier. Sinon, je m'invente mille prétextes pour m'éloigner d'eux.

Mais j'ai toujours été experte à juxtaposer l'excès au manque. Maintenant je me passe de l'amour des hommes comme je me suis privée de nourriture dans mon jeune âge. Comme s'écarte encore de mes nuits la plénitude du sommeil. Une tentation récurrente d'effacer le corps du délit par l'abstinence. De seulement le penser ce corps hors du lit. Et paradoxalement continuer à porter des couleurs éclatantes comme un étendard. Ou comme du sang sur une plaie.

Il y a un réel vertige dans l'anorexie. Où réside celui de la privation d'amour? De quelle autre essence singulière se nourrit-il? C'est grâce à l'amour des hommes que j'ai réappris à manger. C'est à force de passions successives que je suis devenue fin gourmet. Que je me suis accomplie. Et d'amour en déception, j'ai entrepris de scinder le plaisir de la nourriture, de la jouissance d'être, des caresses et des mots doux sans les amputer.

J'ai l'impression d'être retournée à la solitude réfractaire de l'enfance, de l'adolescence. A leurs exclusions. A leurs rêves déracinés. Sans corps.

J'aime tellement la solitude. Elle se pare pour moi de tant de sortilèges! Depuis toujours. Elle a été une conquête de la prime enfance. Pouvoir me retirer de la famille, c'était bénéficier d'un moment de paix. C'était échapper aux innombrables tâches ménagères. A l'asservissement. Au diktat des garçons. Mes frères d'abord. Ceux du lycée plus tard. La solitude était l'espace et le temps de la lecture. Des songes. De leurs vies inventées. Elle est maintenant celui de l'écriture. C'est par elle que je me suis construite. Contre la dissolution dans le clan ou les perversions du nationalisme... Cette solitude parachevée c'est peut-être enfin l'amour de moi-même. C'est-à-dire l'amour de la vie que la lucidité préserve de trop d'égocentrisme. Mais un amour suffisamment fort et intraitable pour m'empêcher de me disperser, de me dispenser en simulacres.

Même si maintenant dîner seule dehors n'est plus un duel, heureusement, c'est un moment qui reste empreint de la magie des souvenirs. Cette solitude-là m'est indispensable. C'est un instant de recueillement ou à l'inverse de déconnexion totale. Un rituel, une célébration. J'y ai souvent le sentiment de fêter ici la femme que j'étais là-bas. Celle qui

Le prochain amour

se débattait avec tant de difficultés et sans autre moyen que sa rage de vivre. Un tête-à-tête pour lui prouver que je ne déroge pas à ses exigences, que je n'oublie pas de jouir de chaque instant, de tout ce que j'ai payé au prix fort, que je continue de m'en acquitter envers elle.

Mettre n'importe qui dans son lit passe encore. On dit bien une passade. Mais l'observation des êtres qui s'encombrent la vie, l'aliènent seulement parce qu'ils sont incapables de rester seuls m'a toujours laissée perplexe.

Il y a tant de solitudes imbriquées dans la mienne : sans famille en dépit de parents encore vivants, d'une nombreuse fratrie. Sans enfant par choix. Seule entre deux pays où je suis souvent mise en demeure de m'expliquer sur des choix intimes, fondateurs. De négocier ma présence. Seule entre l'écriture et la médecine où la tentation est si grande de toujours me ramener d'une façon ou d'une autre à la frontière... Je n'ajoute pas un autre manque, l'amour d'un homme, à tout ça par masochisme. Je reste un être doué pour le plaisir. Je suis trop voluptueuse pour le rôle de victime.

Savez-vous ce que j'en ai conclu au terme de cette réflexion ? A cet extrême-là, avec cet excès, la solitude s'érige en héroïsme des mal-aimés.

Ça m'a dégrisée.

J'ai laissé tomber ce texte. J'ai entrepris de blanchir moi-même les murs de ma maison. J'ai mis une lampe de chevet de l'autre côté de mon lit. J'ai changé les canapés de ma solitude... Comme si ces transformations allaient influer sur ce nœud obscur dans mon tréfonds. Comme si elles pouvaient me délivrer du préjudice des souvenirs.

Il n'empêche que la dépense physique m'a fait le plus grand bien. Un pinceau à la main, j'entendais cette petite voix râleuse au fond de moi : « Ça suffit l'héroïsme, les tragédies, tu n'en as pas assez ? Tu n'es qu'une petite bribe de vie. Laisse-toi aller. Sais-tu ce qui manque à ta liberté maintenant ? De la légèreté ! A ce moment de ton parcours, à ton âge, seule la légèreté peut grandir ta liberté. »

J'ai dit d'accord, pour la légèreté. Et pour m'aider à y accéder, j'ai entrepris de vous inventer, de vous projeter pour enfin vous rendre possible. Vous donner une consistance, une vraisemblance sensible. Et parvenir à y croire de nouveau.

Vous ne ressemblerez pas à mes trois ou quatre aventures sans lendemain en dix ans. C'était avec des copains. C'était parce que je me sentais en confiance. Que ça ne m'engageait en rien. Qu'il n'y avait pas de risques que je me fasse happer par un amour fou. Sauf un, ce ratage!...

Il faut que je vous rapporte ce rêve fait – est-ce un hasard? – quelques jours après ces déductions sur les complexités de ma solitude, de la nécessité de légèreté : je sortais laminée d'une longue garde. Chez moi le feu de la cheminée m'a apaisée. Ensuite, j'ai longtemps savouré les bienfaits d'une eau bien chaude sous la douche. Puis au lit avec un livre. Et l'espoir de pouvoir dormir, récupérer. Je n'ai pas tiré les rideaux de la baie vitrée. C'était la pleine lune et les amandiers étaient en fleur.

La porte de ma chambre s'est entrouverte. Une fillette s'y est faufilée sur la pointe des pieds. Huit ou dix ans. De longues nattes brunes tombaient sur ses cuisses. Un teint de bronze. J'ai froncé les sourcils étonnée : l'enfant a levé le menton et m'a toisée prête à regimber. Cet air-là, ce nez en guerre... C'était moi à cet âge. Je lui ai souri et, dans un sursaut de conscience, j'ai constaté avec satisfaction : «Je me suis donc endormie puisque je rêve! C'est l'effet de ma garde. » La fillette est partie d'un petit rire moqueur : «Tu dors même debout maintenant. Il t'arrive même d'être débranchée les yeux ouverts. Comment ne pas dormir dans ton grand lit attrape-sommeil. » Une crainte a frôlé mes pensées : « Il est arrivé quelque chose? Mon père est mort?» «Non. Mais il est presque mort depuis si longtemps. Il ne remontera plus jamais à bicyclette. » D'un pas feutré, elle est venue se percher au pied opposé du lit dans cette position familière : jambes repliées, coudes sur les genoux, visage entre les mains. Elle a observé le jardin par la baie : «Tes arbres avec les fleurs blanches, grand-mère aurait dit "Ils ont cardé la lune ". » La métaphore m'a fait sourire : « Ce sont des amandiers. Oui, grand-mère aurait certainement dit quelque chose de ce goût-là. » Elle s'est retournée vers moi

Le prochain amour

l'œil espiègle : « Tu es redevenue petite ? » « Pourquoi cette question ? » « Tu ne dors plus avec un homme. Moi au moins j'avais grand-mère. » « Même avec un homme je reste petite comme tu dis. Je crois que c'est parce que je rêve trop. » Elle s'est détournée de nouveau vers le jardin : « Tu regardais l'horizon du désert. Je sais, moi, que tu n'avais aucun visage en tête. Mais tu murmurais "Je t'aime". A qui t'adressais-tu ? » « A personne. C'était juste pour l'entendre. Tu sais ça aussi. » Elle a haussé les épaules, repris son sérieux : « Le prochain amour, il faudra l'amener sur la dune. Tant pis pour mon père s'il n'est pas d'accord ! Il ne le verra pas. Ça ne change rien ! Mais tu dois aimer un homme sur la dune pour que mon rêve se réalise. » J'ai plaisanté : « Un brun alors ? Le juif de tes rébellions ? Un Algérien ? » Son rire a roucoulé, m'a narguée. Elle a répliqué catégorique : « Le plus grand ! Ceux d'avant, tu les as quittés parce que je ne les ai pas vus. Ils n'ont pas connu la dune. Ils ne pouvaient pas entrer dans mon rêve ! » « Mais qu'est-ce que tu me racontes là ?! » Elle a élevé le ton, agacée : « Mon histoire, tiens ! Je veux que tu la vives jusqu'au bout. Pour de vrai. Pas seulement dans tes livres ! » J'ai hurlé à mon tour : « Pour qui tu me prends ? Je ne suis pas ta grand-mère, moi. Depuis des décennies que j'essaie d'exister entre ses mythomanies et les tiennes, ça va ! » Est-ce son cri, est-ce le mien qui m'a réveillée ? Je l'ai cherchée des yeux avant de recouvrer mes esprits. J'ai eu la curieuse impression qu'une fillette du désert promenait encore dans mon jardin – dans ma léthargie hallucinée – son insatisfaction et son entêtement.

Aller me percher sur la dune, sommet du début de la solitude, dans les bras d'un amoureux ? Belle idée, certes – j'y ai tellement rêvé. Je n'ai jamais pu l'assouvir. Ce roman-là ne pouvait s'inscrire dans la réalité locale. Et puis, s'il suffisait d'aller imprimer un amour sur les sables désaffectés des origines pour qu'il soit le plus grand.

A ce point des rébellions, des ruptures, des départs, des exiles, seule notre enfance peut nous réconcilier avec nous-même.

Par la baie vitrée le clair de lune, son silence me donnaient l'impression d'une insomnie immémoriale. Les amandiers luisaient comme des chandeliers. Ils avaient pillé toute la lumière de la lune, la pulvérisant sur leur ramure en paillettes roses, mauves et nacrées. Les palmiers semblaient tendre des mains vers leur couronne radieuse comme en une fervente prière.

Une vieille berceuse que les femmes du désert fredonnaient à leurs enfants a soudain submergé ma mémoire. Elle parle d'étoiles filantes, de sommeil et d'amour. Je me suis sentie enfant. Et une évidence s'est imposée à mon esprit. Cette même illusion tranquille qu'avaient vos yeux dans le train de Milan à Venise : Qui êtes-vous ? D'où viendrez-vous ? Je veux vous connaître. Je vais vous connaître. Mais la vie file comme un cheval fou. Faute de pouvoir la retenir, j'essaie de faire diversion. Je prends le temps de vous rêver.

Table

La première absence 11
Non-demande en mariage. 25
L'homme de ma vocation. 47
Le goût du blond. 69
Le Français qui me fait la cuisine. 89
L'autre amour. 113
L'homme de mes images 125
Sans au revoir. 141
L'homme des traversées 155
Mon frère est un garçon. 181
Ceux du livre 201
L'homme du Canada. 219
Un fils, une éclipse 233
Mes plus attachés. 251
Celui qui n'est jamais venu 263
Le prochain amour 275

Cet ouvrage a été imprimé par

FIRMIN DIDOT
GROUPE CPI

Mesnil-sur-l'Estrée

*pour le compte des Éditions Grasset
en avril 2005*

Imprimé en France
Dépôt légal : avril 2005
N° d'édition : 13778 – N° d'impression : 72647
ISBN : 2-246-68641-5